LE JUGE DE L'OMBRE

DU MÊME AUTEUR AUX ÉDITIONS DE LA DIFFÉRENCE

Le soleil se meurt, poèmes, 1992.
L'Etreinte du monde, poèmes, 1993.
Exercices de tolérance, théâtre, 1993.

© ELA La Différence, 103, rue La Fayette, 75010 Paris, 1994.

ABDELLATIF LAÂBI
LE JUGE DE L'OMBRE

théâtre

LITTÉRATURE
ÉDITIONS DE LA DIFFÉRENCE

SCÈNE I

(Un souk d'hier et d'aujourd'hui, d'ici et d'ailleurs. Le Juge de l'ombre dans son échoppe. Devant lui, une balance. Sur les étagères, des marchandises indéterminées. L'Arabe errant s'approche.)

L'ARABE ERRANT
Paix sur vous.

LE JUGE DE L'OMBRE
Que le ciel vous entende.

L'ARABE ERRANT
Vous êtes bien le Juge de l'ombre ?

LE JUGE DE L'OMBRE
On m'appelle parfois ainsi.

L'ARABE ERRANT
C'est vous qui prenez le poids et la mesure du rire ?

LE JUGE DE L'OMBRE
Je peux rendre ce service. Mais surtout, j'en vends, du rire. *(Il montre les étagères.)* Là, là et là, il y en a de toutes les sortes. *(Baissant la voix.)* Et à mes meilleurs clients, ceux qui en ont les moyens, je réserve une décoction spéciale.

L'ARABE ERRANT
Le rire satanique, je suppose.

LE JUGE DE L'OMBRE
Pas facile à se procurer, celui-là. Ça dépend des circonstances. S'il a plu ou non. Si la guerre a éclaté ou si elle a pris fin. Si les maîtres de l'Heure sont croyants ou impies. Si le bouffon en titre est porté sur les jouvencelles ou sur les éphèbes.

L'ARABE ERRANT
Si le soleil se couche et ne se réveille pas.

LE JUGE DE L'OMBRE
Je vois que vous en connaissez un bout. Alors, voyons voir. Faisons un essai. *(Désignant la balance.)* Avancez et déposez votre rire là-dessus.

L'ARABE ERRANT
Comment je dois faire ?

LE JUGE DE L'OMBRE
Riez tout simplement. La balance est ultra-sensible.

(L'Arabe errant prend son souffle et finit par émettre un rire forcé.)

LE JUGE DE L'OMBRE

Vous appelez ça un rire ? Approchez, il faut que je vous ausculte. *(Il tâte le visage de l'Arabe errant.)* Hum, c'est ce que j'appellerais un visage fermé, et depuis des lustres ! C'est quand que vous avez ri pour la dernière fois ?

L'ARABE ERRANT

La vie ne m'en a pas offert souvent l'occasion.

LE JUGE DE L'OMBRE

A vous entendre, on croirait avoir affaire à un marchand de souffrance.

L'ARABE ERRANT

Vous plaisantez ?

LE JUGE DE L'OMBRE

A peine. La souffrance se vend, elle aussi. Elle se vend même très bien.

L'ARABE ERRANT

Vous n'êtes pas un peu cynique ?

LE JUGE DE L'OMBRE

C'est vous qui semblez un peu naïf. Croyez-moi, la souffrance est une mine d'or, encore plus lucrative que le rire. Seulement, elle a besoin d'être bien présentée. Primo, il faut soigner l'emballage. Deuzio, le boniment. Il faut apprendre l'art du boniment. Emballage plus boniment, et c'est dans la poche ! Quant à la matière première, ce n'est pas ça qui vous manque, pas vrai ?

L'ARABE ERRANT
Je n'ai jamais rien su vendre, moi. Je ne suis qu'un errant qui a tout abandonné et que tout a abandonné. La seule chose que mon errance m'a apportée, ce sont des ampoules aux pieds et des questions, des tonnes de questions auxquelles je ne cherche même plus à répondre. L'une d'elles, c'est justement le pourquoi de ces souffrances.

LE JUGE DE L'OMBRE
Vous êtes un fataliste, non ? Alors, pourquoi ne pas penser que c'est là un don du ciel ?

L'ARABE ERRANT
Laissons le ciel tranquille. Nous l'avons épuisé avec nos jérémiades. Moi, je n'ai eu à souffrir que de la fréquentation des hommes.

LE JUGE DE L'OMBRE
Et les femmes, vous oubliez les femmes ?

L'ARABE ERRANT
Ne jouez pas sur les mots.

LE JUGE DE L'OMBRE
Et vous, cessez de vous tourmenter avec les mots... Eh, pendant que vous parliez, j'ai eu une idée.

L'ARABE ERRANT
Laquelle ?

LE JUGE DE L'OMBRE
L'idée d'une association. Je m'explique : vous avez la matière première, moi, j'ai le savoir-faire. Vous voyez la boutique d'à côté ? Elle est à louer. Son ancien propriétaire a rendu l'âme. Le pauvre n'a pas survécu à sa faillite. Il tenait pourtant un commerce plus que prospère dans le temps : l'achat et la vente des rêves. Les dernières années ont été très dures pour lui. Les gens boudaient de plus en plus ses articles. Il n'a pas arrêté de solder et, à la fin, même ses soldes, personne n'en voulait.

L'ARABE ERRANT
A ce point !

LE JUGE DE L'OMBRE
Eh oui, c'est ça le commerce ! Il demande du flair, une grande capacité d'adaptation et de l'imagination. Le secret ? Savoir créer chaque fois un nouveau besoin, exploiter à fond le filon en pensant déjà au besoin qui devra le remplacer, et ainsi de suite. Alors, vous pensez bien, mon malheureux voisin a été dépassé par les événements. Il s'accrochait à ses rêves comme si c'était une marchandise impérissable.

L'ARABE ERRANT
Et qu'est devenu son stock ?

LE JUGE DE L'OMBRE
Avant de fermer, il en a distribué une grande partie aux œuvres de charité. Le reste, je le lui ai racheté pour une bouchée de pain.

L'ARABE ERRANT
Vous ?

LE JUGE DE L'OMBRE
Parfaitement. En commerce, ce qui n'a plus de valeur à un moment garde tout de même une valeur à terme. Il faut savoir attendre, évoluer sur le creux des vagues, et surtout ne pas perdre de vue la frivolité de nos semblables, leurs trésors de bêtise. Entre nous, je dis cela sans méchanceté aucune. Je ne fais que constater.

L'ARABE ERRANT
Vous les avez encore ces... comment dire... ces produits ?

LE JUGE DE L'OMBRE
Ils doivent dormir quelque part au fond de la boutique.

L'ARABE ERRANT
Vous pouvez m'en décrire un ?

LE JUGE DE L'OMBRE
Oh, qu'en sais-je, moi ? Ils étaient plus abracadabrants les uns que les autres. Un vrai délire. Tenez, l'un d'eux me revient.

L'ARABE ERRANT
Dites pour voir.

LE JUGE DE L'OMBRE
C'est un rêve en sachet. La poudre est une sorte d'euphorisant. Selon la notice, elle permet de retrouver la faculté de l'émerveillement. Exemple : vous vous réveillez le matin avec le sourire. La femme qui dort près de vous, votre compagne depuis vingt ans, vous avez pour elle sur-le-champ le coup de foudre. Vous vous levez du lit, tout enamouré, en sifflotant et chantant. L'eau de votre bain est si pure et douce que vous l'ingurgitez au lieu de vous laver avec. La maigre tartine que vous prenez à votre petit déjeuner est plus succulente que le plus savoureux beignet au miel et au beurre frais de votre enfance. Vous sortez de chez vous pour vous rendre au travail, et l'émerveillement croît et se multiplie. Les passants vous reconnaissent, vous regardent tendrement au fond des yeux, vous offrent des bouquets de sourires. Bonjour frère, dit l'un, tu as fait de beaux rêves, j'espère. Si tu as un peu froid, prends ma veste, dit l'autre. Et le troisième, une vamp surgie du paradis, se propose de faire avec vous le bout de chemin que vous voulez bien lui accorder. Et cela continue, au bureau, à l'heure de la pause, à la reprise du travail, au retour à la maison et jusqu'au soir. Tout n'est que gentillesse, délicates attentions et signes d'amour. Les arbres, les chiens et même les voitures vous font des clins d'œil complices. Le soleil est sur le point de parler pour demander : ça va, mes rayons sont à la bonne température ? Et la lune, au moment de vous coucher, vient vous border, verse dans

votre verre un philtre pour que votre sommeil vous apporte une paix encore plus radieuse.

L'ARABE ERRANT
J'avoue qu'une telle journée doit être épuisante.

LE JUGE DE L'OMBRE
Vous comprenez pourquoi ça ne tenait pas la route.

L'ARABE ERRANT
Vous avez peut-être choisi le mauvais exemple.

LE JUGE DE L'OMBRE
Pas du tout. La plupart de ces rêves étaient de la même veine. Leurs créateurs étaient de vrais illuminés.

L'ARABE ERRANT
Ils ont dû faire des heureux, quand même.

LE JUGE DE L'OMBRE
L'espace d'un temps. Mais c'est maintenant qu'on découvre le revers de la médaille. Les ravages sont là, et le pire, c'est que le rêve n'est plus coté à la Bourse des valeurs.

L'ARABE ERRANT
Vous voilà bien maussade pour un marchand de rire.

LE JUGE DE L'OMBRE
Détrompez-vous, ma marchandise ne me fait pas rire, moi. Ce qu'elle me rapporte, c'est un peu de lucidité, et à peine de quoi vivre... Je vais vous avouer quelque chose : je ne crois plus tellement à ce commerce. C'est pourquoi je pense sérieusement à une reconversion. Vous tombez à point. Je sens que nous allons trouver un terrain d'entente... Alors, faisons plus amplement connaissance. Et d'abord, dites-moi, comment vous vous appelez ?

L'ARABE ERRANT
On m'appelle l'Arabe errant.

LE JUGE DE L'OMBRE
On ne dit pas plutôt...

L'ARABE ERRANT
Je sais, on dit plutôt ce que vous avez sur le bout de la langue. C'était valable jusqu'à une époque récente. Maintenant, c'est moi qui prends la relève.

LE JUGE DE L'OMBRE
Tout de même, dans l'autre histoire, il y avait une affaire de malédiction. C'est quoi, la vôtre ?

L'ARABE ERRANT
Oh, dans mon cas, ce n'est pas encore le grand mythe. L'Histoire a dû improviser, bricoler un peu. C'est pour cela que c'est plus dramatique... Vous connaissez l'art de la tragédie ?

LE JUGE DE L'OMBRE
Comme ci, comme ça. J'ai peur de m'y ennuyer.

L'ARABE ERRANT
C'est un art d'une grande rigueur. Le héros est déchiré, mais il sait entre quoi et quoi il l'est. Il doit arrêter un choix, le plus héroïque, bien entendu. Son déchirement n'est donc qu'une apparence. Alors que, pour moi, le choix est une mutilation. Je suis condamné à la déchirure. Tenez, c'est peut-être cela ma malédiction.

LE JUGE DE L'OMBRE
C'est très moderne comme situation.

L'ARABE ERRANT
Le pire, c'est qu'on me prendra toujours pour un homme du passé.

LE JUGE DE L'OMBRE
Vous y êtes pour quelque chose, non ?

L'ARABE ERRANT
Je vois que certains préjugés ont la peau dure... Savez-vous combien de vies j'ai vécues depuis le début de mon errance ? Pouvez-vous seulement me donner un âge ?

LE JUGE DE L'OMBRE
Je ne suis pas fort dans ce genre de devinette.

L'ARABE ERRANT
Tant mieux. Il n'y a rien à calculer, acheter, vendre. Mon histoire n'est pas une matière avec laquelle on fait les livres à succès. Elle est, comment dirais-je... inaudible, oui c'est ça, inaudible.

LE JUGE DE L'OMBRE
Il suffit d'un conteur de talent.

L'ARABE ERRANT
Quel que soit son talent, un conteur a besoin d'une trame. Que peut-il faire d'une suite d'avortements, de rêves en panne, de passions enterrées avant que de naître, d'un être ou si vous préférez d'un héros difforme dont les facultés ont été sournoisement interverties par un inventeur sadique ?

LE JUGE DE L'OMBRE
Arrêtez-vous là ! Le blasphème coûte cher par les temps qui courent.

L'ARABE ERRANT
Je ne prêche rien. J'essaie simplement de comprendre.

LE JUGE DE L'OMBRE
Méfiez-vous, la connaissance elle-même devient hérétique.

L'ARABE ERRANT
Alors, que me reste-t-il à faire ?

LE JUGE DE L'OMBRE
Vous rendre invisible. Vous serez dans la meilleure position pour écouter, observer, méditer. Vos pas ne vous ont pas conduit ici par hasard, avouez-le. Vous saviez pouvoir trouver l'espèce de théâtre du monde que vous recherchiez. Si vous êtes venu à moi et non à quelqu'un d'autre, c'est que vous aviez besoin de vous rassurer sur quelque chose.

L'ARABE ERRANT
Votre titre de Juge de l'ombre m'intriguait. Je voulais vous voir à l'œuvre, c'est tout.

LE JUGE DE L'OMBRE
Ta ta ta ! Votre œil pétille encore. J'y vois des lueurs diaboliques. Votre masque d'ermite cache mal vos dents de dévoreur. On ne me la fait pas à moi. La matière dont je tire commerce m'en a appris un bout sur les zones troubles de l'âme. Il n'y a pas un homme qui ne serait pas prêt à vendre sa mère pour pouvoir rire aux dépens de son prochain.

L'ARABE ERRANT
On devrait apprendre à rire de soi-même d'abord.

LE JUGE DE L'OMBRE
C'est un de mes exercices favoris, surtout depuis que j'ai compris que mon défunt voisin, le vendeur de rêves, n'était pas un vrai concurrent. Alors, croyez-le ou pas, je me suis mis à m'organiser, entre moi et moi, devant un miroir, des séances époustouflantes où je riais comme un fou de mes travers physiques,

de mon habillement, mon langage, et j'en passe. Tenez, regardez mon pied. *(Il se déchausse.)* C'est un pied ordinaire avec un, deux, trois, quatre, cinq doigts, un talon et le reste. Et pourtant, ce qu'il a pu me faire rire, cet imbécile. Je ne vous parle pas de mon nez, de ma voix... Vous arrive-t-il d'imiter votre voix, je veux dire de la singer ?

L'ARABE ERRANT
J'ai plusieurs voix en moi.

LE JUGE DE L'OMBRE
Allons, allons, ne vous dérobez pas. Tenez-vous-en à la principale, ce drôle de filet de voix que vous émettez en ce moment.

L'ARABE ERRANT
C'est celle que j'écoute le moins.

LE JUGE DE L'OMBRE
Enregistrez-vous alors. Vous verrez qu'elle est... *(Il part d'un rire.)*

L'ARABE ERRANT
Qu'a-t-elle de risible ?

LE JUGE DE L'OMBRE
Toutes les voix prêtent à rire, et pas que les voix d'ailleurs. On peut en dire autant des gestes, de la démarche, la respiration, les petits et grands jeux de l'amour, la façon de bâiller, d'éternuer, de faire ce qu'on

fait dans les petits coins, et de rire pardi ! Les gloussements du rire, quoi de plus tordant ?

L'ARABE ERRANT
Je ne voyais pas les choses sous cet angle. Vous croyez que moi aussi je peux...

LE JUGE DE L'OMBRE
Bien sûr. Approchez-vous de la balance et faites un deuxième essai.

(L'Arabe errant prend son souffle et part d'un rire tonitruant. Il se tord et se met à parcourir la scène en imitant la démarche et le cri de certains animaux — poule, chimpanzé, lion. Les imitations sont entrecoupées de rires. Il s'arrête au milieu de la scène et se lance dans un pot-pourri de réminiscences littéraires et de discours politiques.)

L'ARABE ERRANT
(Il prend un air martial.) Je vois que beaucoup de têtes sont parvenues à maturité et que le temps de les cueillir est arrivé. Par dieu, c'est à moi qu'elles reviennent. *(Il prend une attitude de tribun.)* Citoyens libres ! Dans cette phase décisive de l'histoire de notre glorieuse nation... Venceremos ! Viva la muerte ! *(Il sort un petit livre et se met à l'agiter frénétiquement en scandant.)* Par le livre, par le sang, nous te vengerons, ô martyr ! *(Il prend un air tragique et déclame.)* To be or not to be, est-ce là la question ? *(Il fait une courbette, se met à genoux et fait mine de se poignarder.)* Je me meurs, madame, votre amour me le dicte. *(Il se

relève, se met à tituber.) O verse-moi du vin et dis-moi que c'est bien là du vin. *(Il se redresse et mime des gestes de tortionnaire.)* Parle, traître, avoue, avoue. Des noms, des noms, et pas de discours. *(Il prend l'attitude d'un prédicateur.)* La Terre est en péril. Réveillez-vous. Ohé les cadavres, réveillez-vous. La Terre est en péril. *(Il s'avance en s'esclaffant vers le Juge de l'ombre.)*

LE JUGE DE L'OMBRE
Attention, vous allez détraquer ma balance.

L'ARABE ERRANT
Voilà, j'en ai fait assez pour des années.

LE JUGE DE L'OMBRE
Je vois que vos réflexes s'améliorent. L'idée de notre association avance... Venez donc me rejoindre. Mettez-vous aux premières loges. Le souk va bientôt s'animer. Les plaideurs ne tarderont pas à se présenter ainsi que les clients. Tout ce qui s'agite dans cette ville et l'agite va se manifester devant vous. La journée sera chaude, j'en suis sûr. Je ne sais pas si vous le saviez quand vous êtes arrivé, mais nous vivons une période trouble où la guerre des mots et des nerfs bat son plein, où les extrêmes se rejoignent, où même les gamins se mettent à commettre les saloperies des adultes, où l'on mène la chasse aux vieillards en employant les méthodes des campagnes de dératisation, où la profanation des cimetières est devenue le sport favori des désœuvrés. Le pire, c'est que nous assistons à une vague sans précédent de suicide des femmes.

L'ARABE ERRANT
Elles sont pourtant plus solides que les hommes.

LE JUGE DE L'OMBRE
Je le crois aussi... Peut-être qu'elles veulent envoyer par là un message.

L'ARABE ERRANT
Quel message ?

LE JUGE DE L'OMBRE
Celui d'une fin, ou d'un commencement.

(Le Juge de l'ombre et l'Arabe errant continuent à parler. Mais on ne les entend plus distinctement, comme si la scène se déroulait sur un écran et que quelqu'un se soit mis à baisser le son. Noir.)

SCÈNE II

(Le souk s'anime progressivement. Les commerçants entrent. Chacun porte une chaise pliante et un écriteau indiquant la nature de son commerce. Les écriteaux sont plantés dans des socles, et les chaises dépliées, installées. On peut lire sur les écriteaux, de gauche à droite :
— RÊVES — Bail à céder *(Une femme installe l'écriteau et s'éclipse.)*
— BANQUE DU SALUT — Crédit illimité
— HUMANITAIRE — Interventions dans la journée
— PRÊT-À-PORTER DES IDÉES — De l'enfant à l'adulte
— ARMES — Arrivages frais
— ORGANES POUR GREFFES — Vente-Achat-Echange
(Apparaissent, dans l'ordre ou le désordre à trouver, un passant, une femme-sandwich suivie par un homme au fouet, un marchand ambulant, un vendeur d'eau.)

LE PASSANT *(parlant à voix haute dans un téléphone portatif)*
J'arrive, j'arrive. Quoi ? Quels pruneaux, espèce

d'idiote ? Je t'ai dit cent fois de ne pas mettre des pruneaux dans le tajine, mais des cèpes. Tu sais ce que c'est, des cèpes, ignorante ?

LA FEMME-SANDWICH *(elle plie sous un panneau vantant des appareils ménagers avec ce slogan :* « Esclaves de votre liberté » *et ânonne d'une voix geignarde)*
Allons, mesdames, jetez un petit coup d'œil. Offrez-vous les esclaves de votre liberté. Jetez un petit coup d'œil, mesdames.

L'HOMME AU FOUET
Tu parles pour toi-même ou pour les clients ? Plus fort ! *(Il lui donne un coup de fouet.)* Plus fort, bon sang !

LA FEMME-SANDWICH
Ouvrez les yeux, mesdames. Hâtez-vous. Offrez-vous les esclaves de votre liberté.

LE MARCHAND AMBULANT *(il pousse une charrette avec une cargaison de préservatifs)*
Les petites chaussettes du doigt qui pleure. Des petites chaussettes contre le mauvais œil. Profitez et faites profiter !

LE VENDEUR D'EAU *(habillé à la façon traditionnelle des* guerraba *marocains, coiffé d'un grand chapeau de paille avec des paillettes et des pompons multicolores. Il porte en bandoulière une outre et fait tinter des gobelets en cuivre. Sur son chapeau, l'emblème de Loca-Loca. Il crie)*

Loca-Loca ! La boisson qui fait oublier la soif ! Bois et oublie, ô l'assoiffé !

(Ils sortent. On entend dans les coulisses une litanie. Les mendiants aveugles entrent. Ils avancent à la queue leu leu. Le mendiant de tête tend une sébile. Ils scandent plusieurs fois.)

> Hommes de peu de foi
> Et de trop de lois
> O les cœurs noirs et fermés
> Tâtez vos poches
> Et pensez à l'au-delà

(Ils s'arrêtent de scander et se mettent en demi-cercle, face au public.)

MENDIANT 1
Nous sommes les mendiants aveugles.

MENDIANT 2
Les porteurs du regard.

MENDIANT 3
Les gardiens de la lumière.

MENDIANT 1
De peu, très peu de lumière.

MENDIANT 2
Qui coule encore de la source perdue.

MENDIANT 3
En vérité secrète, ô mon frère.

MENDIANT 2
Un secret est un secret, ô mon frère, c'est pas pour les grippe-sous.

MENDIANT 1
Et des grippe-sous nous exigeons :

MENDIANT 2
Notre dû.

MENDIANT 3
L'impôt révolutionnaire.

MENDIANT 1
Le seul, l'unique, le vrai.

MENDIANT 2
On veut profiter du banquet nous aussi.

MENDIANT 3
Tâter aux morceaux de choix.

MENDIANT 1
Très peu pour nous le croupion du poulet.

MENDIANT 2
Les os du méchoui.

MENDIANT 3
   Le fond des bouteilles.

MENDIANT 1
   On veut de bonnes lunettes.

MENDIANT 2
   Des Ray Ban si possible.

MENDIANT 3
   Pour faire semblant de ne pas voir.

MENDIANT 1
   On veut le dernier cri de la hi-fi.

MENDIANT 2
   Le high-tech.

MENDIANT 3
   Car tout le monde le sait, nous sommes les vrais mélomanes.

MENDIANT 1
   On veut des Levis 501.

MENDIANT 2
   Et des bagues, messeigneurs.

MENDIANT 3
   Des billets d'avion.

MENDIANT 1
   Des cannes à pommeau d'argent.

MENDIANT 2
   On veut tout !

MENDIANT 3
   Et continuer à faire notre travail de mendiants.

MENDIANT 1
   Car c'est une grande vocation.

MENDIANT 2
   Une activité de salubrité publique.

MENDIANT 3
   Un facteur d'équilibre.

MENDIANT 1
   Sans nous, pas de bonne conscience.

MENDIANT 2
   Pas de pitié.

MENDIANT 3
   Ah ce doux frémissement de la pitié.

MENDIANT 1
   Cette joie de donner de la main à la main.

MENDIANT 2
   Et de sentir la reconnaissance de l'autre.

MENDIANT 3
   Ça vous les mouille.

MENDIANT 1
   Alors il faut casquer.

MENDIANT 2
   La pitié vaut son pesant d'or.

MENDIANT 3
   Donnez !

MENDIANT 1
   Donnant donnant.

MENDIANT 2
   Faites-vous plaisir.

MENDIANT 3
   Et en dollars, s'il vous plaît.

MENDIANT 1 *(prenant une voix enrouée de truand)*
   Les dollars, les dollars, les dollars.

   (Ils se mettent de nouveau à la queue leu leu et scandent.)

Hommes de peu de foi
Et de trop de lois
O les cœurs noirs et fermés
Tâtez vos poches
Et pensez à l'au-delà

(Ils font ainsi le tour des commerçants qui leur donnent des billets. Ils arrivent à la boutique du Juge de l'ombre.)

MENDIANT 1

Et vous, qu'est-ce que vous allez donner, toujours la même chose ? Donnez quand même. Choisissez du bon. Un rire pas mélangé, hein ! Gardez la camelote pour les voyants.

(Gloussements des deux autres mendiants. Le Juge de l'ombre lui tend un sachet.)

LE JUGE DE L'OMBRE

Tenez, il est mortel celui-là.

MENDIANT 1

C'est ta langue qui est mortelle, vipère ! *(A ses compagnons.)* Allons, camarades, la tournée ne fait que commencer.

(Ils sortent. Noir. Les commerçants s'éclipsent.)

SCÈNE III

(Lumière sur le Juge de l'ombre et l'Arabe errant. Le reste de la scène est plongé dans l'obscurité.)

L'ARABE ERRANT
Vous avez là des mendiants hors pair.

LE JUGE DE L'OMBRE
Oui, la mendicité est devenue un nouvel art. Et les nouveaux arts, ce n'est pas ça qui manque depuis quelque temps. Tenez, il y en a un qui fait fureur en ce moment.`

L'ARABE ERRANT
Le théâtre ?

LE JUGE DE L'OMBRE
Pensez-vous ! Encore que vous n'ayez pas tout à fait tort. Au fond, le théâtre est une bonne technique,

et les nouveaux arts ont su en tirer profit. Entre autres, l'art consultatif, dont je voulais vous parler.

L'ARABE ERRANT
La démocratie ?

LE JUGE DE L'OMBRE
Vous aussi, vous avez ce mot à la bouche ?

L'ARABE ERRANT
Comment je dois dire alors ?

LE JUGE DE L'OMBRE
Ne dites rien. Ce n'est pas parce que vous nommez une chose qu'elle se met à exister.

L'ARABE ERRANT
Il faut bien s'entendre sur les termes.

LE JUGE DE L'OMBRE
A condition que les termes aient encore un sens réel, sinon c'est la cacophonie, la transe magique, le délire, et la manipulation qui s'ensuit.

L'ARABE ERRANT
Vous avez un autre terme, un autre système à proposer ?

LE JUGE DE L'OMBRE
Moi, je ne suis pas dans la course. Je n'ai donc pas à produire des discours. Le mensonge me sollicite davantage que les prétendues vérités qu'on nous sert

à longueur de campagnes... Vous avez remarqué ? J'ai utilisé le mot campagne. Cela ne vous rappelle rien ?

L'ARABE ERRANT
Le combat des idées a besoin d'un terrain.

LE JUGE DE L'OMBRE
Et alors les armes parleront. Il y en aura, des épurations et des contre-épurations, des espoirs en ruine et des rêves en loques. Saleté de guerre, même quand elle est faite avec des mots, des idées.

L'ARABE ERRANT
Et l'alternative, vous avez une alternative ?

LE JUGE DE L'OMBRE
Je n'ai pas, je n'ai plus de modèle, c'est tout.

L'ARABE ERRANT
Vous avez démissionné à ce point ?

LE JUGE DE L'OMBRE
Détrompez-vous. La distance que je prends avec ce théâtre d'ombres me permet de voir les choses autrement... Quel est l'acteur sans lequel l'art dont nous parlons ne peut se réaliser ? Eh bien, c'est celui qui va mettre son bulletin dans l'urne. Celui-là m'intéresse au premier chef. C'est lui que je poursuis comme un limier pour savoir à quoi correspond son geste, et s'il est d'abord libre de le faire ou non, ce qui s'appelle libre.

L'ARABE ERRANT

La liberté, voilà un autre grand mot dont le sens est encore plus incertain. Vous n'êtes pas d'accord avec moi, vous qui semblez vous préoccuper du sens ?

LE JUGE DE L'OMBRE

Tout à fait d'accord. Ce mot a lui aussi été traîné dans la boue. Il est souillé comme les autres... Pardonnez-moi de sauter du coq à l'âne, mais savez-vous à quoi j'ai pensé quand j'ai évoqué tout à l'heure l'idée d'une association entre nous ?

L'ARABE ERRANT

Comme associé, vous pourriez trouver mieux.

LE JUGE DE L'OMBRE

Non, non, vous êtes l'homme qu'il me faut, surtout pour ce projet.

L'ARABE ERRANT

C'est quoi ce projet ?

LE JUGE DE L'OMBRE

Une sorte de pressing, de laverie. Vous avez compris : une entreprise de nettoyage, d'assainissement des mots, du langage.

L'ARABE ERRANT

Il faudrait d'abord que les gens se rendent compte de l'utilité de la chose.

LE JUGE DE L'OMBRE

Ils commencent à s'en rendre compte, lassés qu'ils sont de tous ces arts de l'illusion, ce carrousel où on les fait tourner comme des pantins en leur faisant croire qu'ils sont des bêtes de scène.

L'ARABE ERRANT

Je vois que vous n'avez pas renoncé à jouer un rôle sur cette scène. Je vous croyais guéri de l'action.

LE JUGE DE L'OMBRE

Je suis guéri des manuels. *(Désignant la boutique d'à côté.)* Du prêt-à-porter des idées, des maîtres de conscience qui vous traitent comme des enfants demeurés, du poison du pouvoir qui commence à couler dans vos veines et vous monte à la tête dès que vous croyez que vous êtes désigné pour faire le bien des autres, à leur place et contre leur volonté s'il le faut.

L'ARABE ERRANT

Votre projet n'est pas sans danger lui non plus. Imaginez qu'une fois nettoyés les mots retrouvent un sens réel, c'est le monde qu'il faudra alors changer. Nous entrerons dans une nouvelle phase de turbulences, et d'aucuns se mettront à sonner le tocsin de je ne sais quelle lutte finale. Ce sera l'apocalypse, pire, le chaos. Des ermites errants tels que moi n'auront plus de terrain libre de parcours, une grotte sûre où ils pourront s'adonner à leurs méditations et continuer à chercher un sens à la vie, du moins à la leur.

LE JUGE DE L'OMBRE
Oui, beaucoup de cadavres vivants, de cadavres d'idées vont en pâtir.

L'ARABE ERRANT
Dites donc, ce que vous devenez sérieux ! Vous devriez avaler le contenu de l'un de vos sachets.

LE JUGE DE L'OMBRE
Pas besoin. La vie du souk suffit à me dérider.

(Le Juge de l'ombre et l'Arabe errant continuent à parler sans qu'on les entende, comme à la fin de la scène I. La lumière baisse sur eux et s'éteint.)

SCÈNE IV

(Le gradé et le subordonné apparaissent. Ils inspectent les lieux.)

LE GRADÉ
Alors, tu as compris ?

LE SUBORDONNÉ
Oui chef !

LE GRADÉ
Je n'ai encore rien dit, cancrelat.

LE SUBORDONNÉ
Oui chef !

LE GRADÉ
Tu m'énerves à la fin. Je ne te demande pas d'être servile, mais efficace.

LE SUBORDONNÉ
   Oui chef !

LE GRADÉ
   Silence ou je t'assomme.

LE SUBORDONNÉ
   Je me la bouclerai chef.

LE GRADÉ
   C'est ça, boucle-la, pour de bon. Mais ouvre bien les yeux, les oreilles, les narines.

LE SUBORDONNÉ
   Tout ce que vous voulez chef, j'ouvrirai tout.

LE GRADÉ
   Ah non, pas tout. Garde les mains fermées, et dans tes poches. Les cadeaux, c'est pas pour les cancrelats de ton espèce. Compris ?

LE SUBORDONNÉ
   A vos ordres !

LE GRADÉ
   Je n'ai pas encore donné d'ordre. Tu mélanges tout.

LE SUBORDONNÉ
   Oui chef !

LE GRADÉ *(il lui donne un coup sur la casquette)*
Silence, insecte ! Si tu parles, tu ne peux pas écouter, donc comprendre et exécuter. Alors la ferme. Ecoute et réponds-moi juste par un signe de tête. Voyons, comment on fait non, montre-moi.

(Le subordonné lève les sourcils et penche la tête en arrière.)

LE GRADÉ
Ah, c'est comme ça ? Tu te prends pour un bachi-bouzouk ! *(Il lui prend la tête, la tord violemment à droite, puis à gauche. Cri de douleur du subordonné.)* Voilà le signe du non, en langage universel... Et maintenant, montre-moi le oui. Attention, ne me fais pas le coup des aborigènes qui se mélangent les pédales. Allons !

LE SUBORDONNÉ
C'est plus facile à dire chef.

LE GRADÉ
Je ne te demande pas ton opinion, cancrelat. Je te donne un ordre.

LE SUBORDONNÉ *(craintif)*
On fait comme ça chef. *(Son geste est hésitant.)*

LE GRADÉ
Tu appelles ça un oui ! C'est du n'importe quoi, espèce d'hypocrite. Je te demande un oui franc et net. Un oui viril, martial, qui fasse honneur à l'uniforme

que tu portes... *(Inspectant l'uniforme du subordonné.)* Regardez-moi l'état de cette tenue, toute froissée ! Tu n'as pas de fer à repasser chez toi ?

LE SUBORDONNÉ
Si chef, mais ma femme est malade en ce moment.

LE GRADÉ
Et ta bonne ?

LE SUBORDONNÉ
Nous l'avons chassée hier.

LE GRADÉ
Elle volait ?

LE SUBORDONNÉ
Non, nous avons découvert qu'elle avait adhéré à un syndicat.

LE GRADÉ
Tu l'as fichée, j'espère ?

LE SUBORDONNÉ
Bien entendu chef.

LE GRADÉ
Bon, assez perdu de temps. Qu'est-ce que je voulais dire ?

LE SUBORDONNÉ
J'ai oublié chef.

LE GRADÉ
Qu'est-ce que tu as oublié, idiot, une chose que je n'ai pas encore dite ? Elle est pas mal celle-là. Contente-toi de ne pas oublier ce que je dis tout haut.

LE SUBORDONNÉ
Je dois deviner aussi chef, ça fait partie de vos recommandations.

LE GRADÉ
Tu ne devineras rien aujourd'hui. Je te l'interdis. Tu vas simplement écouter ce que je vais te dire, sans ouvrir la bouche, et après, exécution !

(Le subordonné est sur le point de parler mais il se bâillonne avec ses mains.)

LE GRADÉ
Les cortèges vont passer par là, vu ?

(Le subordonné fait oui de la tête.)

LE GRADÉ
Les moulins à paroles vont venir faire leur bla-bla ici, vu ?

(Même geste du subordonné.)

LE GRADÉ
Les recruteurs vont installer leur stand ici, vu ?

(Même geste du subordonné.)

LE GRADÉ
D'autres mouvements non déclarés sont à prévoir, vu ?

(Même geste du subordonné.)

LE GRADÉ
Il faudra m'encadrer tout ça, contrôler les moindres débordements, surveiller les réactions de la foule, des commerçants, en particulier celles de cette tête chaude, ce soi-disant Juge de l'ombre, sans oublier cet étranger qu'il semble avoir adopté. Déploie tes hommes, place-les aux points stratégiques, chacun avec une tâche précise. Et rendez-vous ce soir, à l'heure habituelle, pour le rapport.

(Le subordonné fait non de la tête.)

LE GRADÉ
Comment ça non, c'est de l'insubordination !

LE SUBORDONNÉ
Je peux parler chef ?

LE GRADÉ
Vas-y, accouche.

LE SUBORDONNÉ
Vous savez bien chef. Aujourd'hui c'est spécial. Avant le rapport que je dois vous présenter, il y a les autres, ceux que je dois remettre aux dix services que vous connaissez et dont on ne doit pas parler. Ça prend du temps chef.

LE GRADÉ
Alors tu me présenteras ton rapport une heure plus tard. Et qu'on n'en parle plus. Allez, au boulot !

LE SUBORDONNÉ
A vos ordres chef.

(Il sort. Lumière sur les boutiques. Le gradé fait la tournée des commerçants qui rivalisent de salutations et de courbettes à son égard.)

LE MARCHAND D'ORGANES
Bonjour chef. Je vous ai mis de côté ce que vous avez demandé. *(Il lui tend un paquet.)*

LE GRADÉ
Vous en garantissez la fraîcheur, faites gaffe.

LE MARCHAND D'ORGANES
Il a été prélevé sur un accidenté, ce matin même. Je le jure sur la tête de ma mère.

LE MARCHAND D'ARMES
Bienvenue chef. *(Il lui tend un pistolet.)* Tenez, c'est

une pièce de collection rarissime. Vous m'en direz des nouvelles.

(Le gradé prend le pistolet, l'examine et fait pan pan pan dans plusieurs directions puis vers la tête du marchand.)

LE GRADÉ
Pas mal... On m'a dit que vous saviez bien tirer, c'est vrai ?

LE MARCHAND D'ARMES
Loin de moi cette idée chef.

LE GRADÉ
A d'autres... Bon, je continue à fermer l'œil, à moitié.

(Il passe devant le Prêt-à-porter des idées. La commerçante lui fait une courbette gracieuse, l'invite à se servir.)

LE GRADÉ
Gardez vos idées pour vous. C'est pas ça qui me manque en ce moment. J'ai même trop d'idées.

LA MARCHANDE
On ne sait jamais chef. En tout cas, je me tiens à votre disposition si vous avez besoin d'un petit coup de pouce.

(Le gradé passe devant la boutique de l'Humanitaire, tenue par une femme. Il émet un pff de mépris et avance vers la banque du Salut.)

LE GRADÉ *(à la banquière)*
Qu'est-ce que je fais, j'achète ou je vends ?

LA BANQUIÈRE
La conjoncture n'est pas claire. N'achetez pas trop chef, et ne vendez pas trop.

LE GRADÉ
Vous appelez ça un conseil ?

LA BANQUIÈRE
Les voies du commerce sont parfois tortueuses chef. Faites-moi confiance, vous savez que je défends au mieux vos intérêts.

(Le gradé passe devant la boutique des Rêves.)

LE GRADÉ
Toujours fermée celle-là. Tant mieux !

(Il arrive devant la boutique du Juge de l'ombre.)

LE GRADÉ
Alors, on continue à comploter ?

LE JUGE DE L'OMBRE
On fait ce qu'on peut pour maintenir le moral.

LE GRADÉ
Des subversifs ?

LE JUGE DE L'OMBRE
Allons chef, vous devriez soigner votre complotite. J'ai ici quelques sachets très efficaces.

LE GRADÉ
Gardez-les pour votre clientèle à court d'idées, charlatan !

(Il sort. Les lumières s'éteignent sur les boutiques des autres commerçants, qui s'éclipsent. Les plaideurs entrent et se dirigent vers le Juge de l'ombre en se bousculant.)

HOMME 1
Justice, monsieur le Juge.

FEMME 1
Tu es notre dernier recours.

HOMME 2
Le droit du pauvre est foutu.

FEMME 2
Les hommes sont devenus des pharaons.

HOMME 3
Pharaon toi-même.

FEMME 3

Le juge entend par les deux oreilles. On verra ce qu'on verra.

LE JUGE DE L'OMBRE

Du calme, du calme. Faites la queue, bon sang. Tant que vous n'apprendrez pas à faire la queue, vous resterez des sauvages. La queue bien ordonnée, voilà le premier critère de la civilisation.

HOMME 1

Je suis arrivé le premier.

FEMME 1

J'attends depuis l'aube.

HOMME 2

Et moi, depuis ma naissance.

LE JUGE DE L'OMBRE

Si vous ne vous rangez pas l'un derrière l'autre, je n'écouterai pas vos doléances.

HOMME 3

Que les femmes se mettent alors d'un côté et nous de l'autre.

FEMME 2

Pourquoi, on a la gale, nous ?

HOMME 3

C'est ça la loi.

FEMME 2
Tu viens de la sortir de ton capuchon, cette loi ?

HOMME 3
Tais-toi, mineure.

FEMME 2
Et toi, tu es majeur comme celui-là. *(Elle lui fait la nique avec son majeur.)*

HOMME 3
Vous avez vu, monsieur le Juge, vous avez vu ?

LE JUGE DE L'OMBRE
Allez, vous deux, les bavards, approchez. Vous et vous, derrière eux. Et vous, en dernier... *(S'adressant à Femme 2 et Homme 3.)* Bon, je vous écoute... Parlez, maintenant... Vous avez perdu la langue ou quoi ?

HOMME 3
C'est que j'ai honte, monsieur le Juge. Dites-lui de parler, elle qui n'a pas froid aux yeux.

LE JUGE DE L'OMBRE
Vous voulez bien commencer, madame ?

FEMME 2
Je vais me gêner ! C'est simple, monsieur le Juge, je lui ai coupé les vivres. J'ai fermé le robinet.

LE JUGE DE L'OMBRE
Soyez explicite.

FEMME 2

J'ai déjà sept enfants, monsieur le Juge. Je les ai faits parce que j'étais une gourde. Regardez comme je suis devenue, une vieille avant l'âge. Alors j'ai décidé de fermer le robinet.

HOMME 3

Elle ne veut plus remplir ses devoirs. Vous vous rendez compte, monsieur le Juge ?

FEMME 2

C'est faux. J'accepte s'il met ce qu'il faut mettre. Le progrès, ça doit servir à quelque chose.

HOMME 3

Jamais, je ne mettrai jamais cette invention du diable.

FEMME 2

Alors laisse-moi me faire poser le petit bidule.

HOMME 3

Pas question. C'est une autre invention du diable.

FEMME 2

Tant pis, le robinet restera fermé.

LE JUGE DE L'OMBRE *(s'adressant à Homme 3)*
Dites-moi, vous êtes bien un montagnard.

HOMME 3
Vous avez vu juste, monsieur le Juge.

LE JUGE DE L'OMBRE
Le climat est rude chez vous, là-haut. En hiver, il doit neiger.

HOMME 3
C'est juste.

LE JUGE DE L'OMBRE
Pendant les froids, vous mettez des gants.

HOMME 3
C'est juste.

LE JUGE DE L'OMBRE
Les gants ne sont pas une invention du diable.

HOMME 3
Non, je ne pense pas.

LE JUGE DE L'OMBRE
Alors voici mon jugement : comme vous mettez des gants pendant la saison froide, vous pouvez aussi bien mettre ce que votre femme vous demande.

HOMME 3
Si vous le dites, monsieur le Juge... Et pendant la saison chaude, que dois-je faire ?

LE JUGE DE L'OMBRE
Vous abstenir. Ce sera mieux pour la santé de madame... Jugement rendu. Aux suivants !

(Les Hommes 1 et 2 avancent.)

LE JUGE DE L'OMBRE
Que le plaignant parle.

HOMME 1
Voilà, monsieur le Juge. J'ai vu cet homme qui peinait sous un lourd fardeau. Il peinait tellement qu'il est tombé par terre avec sa charge. Je l'ai abordé et lui ai demandé ce qu'il pouvait me donner si je l'aidais. Il m'a répondu : je te donnerai des clous. Alors j'ai mis le fardeau sur mon dos, je l'ai transporté jusqu'à son domicile et, quand j'ai voulu me faire payer, cet homme s'est mis à se moquer de moi. Je viens donc vous voir pour réclamer mon dû, ce qu'il m'avait promis.

LE JUGE DE L'OMBRE *(après réflexion)*
Votre requête est on ne peut plus juste. Approchez donc et... soulevez cette balance.

(Le plaignant s'exécute. Il soulève la balance.)

LE JUGE DE L'OMBRE
Qu'avez-vous trouvé dessous ?

HOMME 1
Rien ! Des clous !

LE JUGE DE L'OMBRE
Alors prenez-les et bon vent !... Jugement rendu. Aux suivants !

(Les Femmes 1 et 3 s'approchent.)

FEMME 1 *(désignant Femme 3)*
Monsieur le Juge, cette femme est folle et veut me rendre folle. Elle se prend pour moi. Dès que j'ai le dos tourné, elle occupe ma place, au travail, au lit, partout. Et quand je porte la nourriture à ma bouche, c'est elle qui l'avale.

FEMME 3
C'est une menteuse, monsieur le Juge. C'est elle qui a pris mon nom et le petit grain de beauté que j'ai, hi hi hi, je n'ose pas vous dire où.

LE JUGE DE L'OMBRE
Osez, c'est dans votre intérêt.

FEMME 3
Hi hi hi, qu'elle le dise, elle.

FEMME 1
Je le lui ai acheté, monsieur le Juge.

LE JUGE DE L'OMBRE
Et pour le mettre où ?

FEMME 1

Je le mets où je veux. Chaque jour, je le change de place. Parfois *(désignant Femme 3)* elle m'aide à choisir, car elle a du goût, ça je peux le lui reconnaître.

LE JUGE DE L'OMBRE

Vous n'êtes pas siamoises par hasard ?

FEMME 1

Jumelles, monsieur le Juge. Mais c'est moi qui suis l'aînée.

LE JUGE DE L'OMBRE

Vous vous soignez de quoi en ce moment ?

FEMME 1

Nous ne croyons pas en la médecine moderne.

FEMME 3

Vous avez remarqué, monsieur le Juge, elle a dit nous ! Deux ne font qu'un. Alors, qui est la folle ?

LE JUGE DE L'OMBRE *(après réflexion)*

Vous m'obligez à réserver mon jugement. *(Il écrit sur un papier.)* Tenez, je vous envoie chez un collègue pour complément d'information. Revenez me voir après, et je prendrai alors une décision... Vous ne voulez toujours pas me dire où se trouve ce grain de beauté ?

FEMMES 1 ET 3 *(s'écriant, comme terrorisées)*
Aujourd'hui ?

LE JUGE DE L'OMBRE
Bon, assez pour aujourd'hui. Bon vent !

(Les plaideurs sortent. Un client se présente. Il a l'air menaçant.)

LE CLIENT
Paix sur vous.

LE JUGE DE L'OMBRE ET L'ARABE ERRANT
Et sur vous la même chose.

LE CLIENT
Je viens me faire rembourser.

LE JUGE DE L'OMBRE
Pourquoi, vous n'êtes pas satisfait ?

LE CLIENT
Remboursez-moi ou je vous dénonce.

LE JUGE DE L'OMBRE
Allons, du calme. Que vous est-il arrivé ?

LE CLIENT
C'est quoi, cette camelote que vous m'avez vendue hier ?

LE JUGE DE L'OMBRE
Ne dites pas n'importe quoi. Ici, c'est une maison honnête. On ne plaisante pas sur la qualité.

LE CLIENT
Et pourtant, vous avez fait de moi la risée générale.

LE JUGE DE L'OMBRE
Expliquez-vous.

LE CLIENT
J'ai pris votre produit avant d'aller à une soirée entre amis. Je comptais m'éclater, faire le boute-en-train, et puis ne voilà-t-il pas que je me trouve dans la situation totalement inverse. Il suffisait que j'ouvre la bouche pour que tout le monde fasse des gorges chaudes à mes dépens.

LE JUGE DE L'OMBRE
Vous l'avouez vous-même, mon produit a eu de l'effet.

LE CLIENT
Mais je voulais rire des autres et pas l'inverse.

LE JUGE DE L'OMBRE
Vous avez provoqué le rire autour de vous, n'est-ce pas là l'essentiel ?

LE CLIENT
J'étais ridicule.

LE JUGE DE L'OMBRE
Pensez-vous ! Je vous conseille de poursuivre le traitement. Vous verrez, vos amis ne vont plus se passer de vous. Vous deviendrez leur coqueluche.

LE CLIENT
Pourquoi dois-je rester triste, moi ?

LE JUGE DE L'OMBRE
Le vrai rire est celui qui rend triste à la fin... Alors, vous reprenez de mon produit ?

LE CLIENT *(après hésitation)*
Donnez toujours. Si vous pensez que je peux encore faire plaisir à mes amis.

LE JUGE DE L'OMBRE
Croyez-moi, par les temps qui courent, c'est la seule façon de les garder, si on tient à cela, bien sûr.

(Il lui tend un sachet.)

LE CLIENT
A demain donc.

LE JUGE DE L'OMBRE
Ah non, demain c'est fermé. Pour cause d'inventaire.

(Le client sort.)

SCÈNE V

(Le Juge de l'ombre et l'Arabe errant, seuls.)

LE JUGE DE L'OMBRE
Vous ne m'avez pas répondu au sujet de notre association.

L'ARABE ERRANT
Ce que je vois et entends depuis ce matin ne m'y encourage guère.

LE JUGE DE L'OMBRE
Attendez la fin de la journée. Prenez votre temps.

L'ARABE ERRANT
Je veux bien. Mais déjà je dois vous avouer mon désaccord sur un point. Votre façon d'aborder les mots, votre conception du langage en quelque sorte.

LE JUGE DE L'OMBRE
C'est un constat, pas plus.

L'ARABE ERRANT
Vous ne vous arrêtez pas au constat. Vous proposez un traitement. Et c'est là que je ne vous suis pas.

LE JUGE DE L'OMBRE
Je vous écoute.

L'ARABE ERRANT
Les mots ne sont pas pour moi des instruments, perfectionnés peut-être, mais relégués au rôle de levier sans âme. Non, je trouve, je sais qu'ils sont des êtres vivants. Ils obéissent à un cycle qui leur est propre. Ils ont des couleurs, des odeurs, des saveurs, des peines et des joies. Ils peuvent avoir grise mine ou un teint de pêche. Ils ont besoin d'être caressés, soignés, de recevoir des fleurs ou des chocolats, d'être aimés pardi ! Quand on les traite ainsi, ils se déploient, retrouvent leurs ailes, leurs racines, leur mémoire et sont capables à partir de là d'inventer de nouveaux sucs, une lumière inconcevable, de faire émerger au cœur de l'homme des sentiments qui l'entraînent dans une migration à l'horizon toujours inattendu. Vous comprenez pourquoi votre idée de pressing, de laverie me semble, pardonnez-moi le mot, assez triviale. Et puis ces détergents que vous allez devoir utiliser, croyez-vous qu'ils vont préserver les couleurs, la qualité de l'étoffe, le parfum d'origine ? Non, je ne le pense pas. Votre méthode procède de la même violence qui nous a menés au bord du gouffre, et nos mots avec.

LE JUGE DE L'OMBRE
Vous me décrivez là un usage particulier, le plus rare sans doute et, avouez-le, le plus marginal. Car, en règle générale, vos petits êtres délicats sont réduits à l'esclavage. Ce sont des bêtes de somme qu'on mène au fouet et qui doivent produire l'effet qu'on leur demande. Avec le temps, ils deviennent tellement habitués à ce régime qu'ils ne peuvent plus concevoir d'autre condition que celle de l'obéissance. Au bout du compte, un esclave ne rêve plus, c'est bien connu.

L'ARABE ERRANT
Qui a dit ça ? Même s'il ne se souvient pas de ses rêves le lendemain, un esclave rêve, plus qu'un homme libre. Et il continue à rêver pendant la journée, tout en trimant, sans le savoir nécessairement. Je vais vous étonner en vous disant que c'est ce rêve-là, non reconnu, non perçu, qui m'intéresse, moi. C'est celui qui vient avec nous dès les origines et nous accompagne jusqu'à la fin. C'est celui qui nous survivra. Ce rêve-là est, sera notre message.

LE JUGE DE L'OMBRE
Boum, boum ! Vous sortez l'artillerie lourde.

L'ARABE ERRANT
Moquez-vous. Mais permettez-moi de continuer à chercher dans ce chaos la graine rebelle qui pourra un jour recréer la vie, lui redonner sens et raison.

LE JUGE DE L'OMBRE
Cherchez, cherchez, et quand vous trouverez, avertissez-moi.

L'ARABE ERRANT

Non, cela ne vous servira à rien tant que vous resterez ici, vissé sur votre siège, à vous délecter de la bêtise, des effets de la tyrannie, à fureter dans les zones d'ombre, à traquer l'immonde. L'horreur peut fasciner, vous le savez bien.

LE JUGE DE L'OMBRE

Je ne veux pas être dupe. J'ai mis longtemps à m'avouer ma peur, non pas de l'inconnu, mais du connu, de mes semblables puisqu'il faut le dire.

L'ARABE ERRANT

C'est que le mal vous ronge, vous aussi. Au fond, c'est de vous que vous avez peur.

LE JUGE DE L'OMBRE

La peur sonne dans votre bouche comme une insulte.

L'ARABE ERRANT

Je m'en excuse si vous l'avez compris ainsi. La peur, quoi de plus humain ? Elle n'abaisse pas. Mais quelle arme redoutable entre les mains de ceux qui en ont fait une industrie, que dis-je, une culture ! Cette peur-là est un cancer qui s'empare des individus et de cercle en cercle finit par gagner le corps social. Alors les potentats, grands ou petits, peuvent dormir sur leurs deux oreilles.

LE JUGE DE L'OMBRE

Vous proposez quoi pour combattre ce fléau ?

L'ARABE ERRANT
  Que chacun s'occupe d'abord de sa propre peur.

LE JUGE DE L'OMBRE
  Parlez-moi de la vôtre.

L'ARABE ERRANT
  L'arme de la peur a cessé de m'impressionner depuis que j'ai compris qu'elle jouait sur l'instinct de conservation.

LE JUGE DE L'OMBRE
  Et vous l'avez maîtrisé, cet instinct ?

L'ARABE ERRANT
  Disons que je l'ai relativisé en me posant des questions très simples : vivre, pourquoi ? Mourir, et alors ?

LE JUGE DE L'OMBRE
  Vous vieillissez.

L'ARABE ERRANT
  Ce sont plutôt les jeunes qui se posent ce genre de questions.

LE JUGE DE L'OMBRE
  Plus maintenant. Ils n'ont plus que de toutes petites peurs, et des rêves taillés sur mesure.

L'ARABE ERRANT
  C'est qu'on leur a volé leur jeunesse comme nous on nous a volé notre enfance.

LE JUGE DE L'OMBRE
Alors faisons-nous voleurs de vieillesse. Et la boucle sera bouclée.

L'ARABE ERRANT
L'idée me plaît. Une confrérie de voleurs de vieillesse ! Voilà ce que vous auriez dû me proposer pour notre association.

LE JUGE DE L'OMBRE *(après un silence)*
Vous croyez que notre discussion peut se passer comme ça dans la réalité, en vrai je veux dire ?

L'ARABE ERRANT
Pourquoi pas ?

LE JUGE DE L'OMBRE
Nous discutons bien, hein ?

L'ARABE ERRANT
Pas mal.

(La lumière baisse sur le Juge de l'ombre et l'Arabe errant qui continuent à chuchoter dans le noir.)

SCÈNE VI

(Clameurs et musique tonitruante dans les coulisses. Lumières vives. Le cortège fait son entrée. Le crieur public joue du tambour. Deux de ses accompagnateurs jouent de la ghaïta ou d'un instrument équivalent : cornemuse, trompette. Les autres accompagnateurs agitent des drapeaux multicolores.)

LE CRIEUR PUBLIC *(s'accompagnant du tambour)*
Oyez, oyez !

ACCOMPAGNATEUR 1
Curez-vous les oreilles pour mieux écouter.

ACCOMPAGNATEUR 2
Oui, qu'elles soient propres pour accueillir la parole impeccable.

ACCOMPAGNATEUR 3
Sans faille.

ACCOMPAGNATEUR 4
De notre Gouverneur caché.

ACCOMPAGNATEUR 1
Celui qui dit...

ACCOMPAGNATEUR 2
Et ne redit pas.

LE CRIEUR PUBLIC
Oyez, oyez !

ACCOMPAGNATEUR 3
Même si vous n'entendez pas, dites :

LES AUTRES ACCOMPAGNATEURS *(en chœur)*
Nous avons entendu.

ACCOMPAGNATEUR 3
Même si vous ne participez pas au festin, dites :

LES AUTRES ACCOMPAGNATEURS *(en chœur)*
Nous nous sommes régalés !

LE CRIEUR PUBLIC *(il s'arrête de jouer et déplie un parchemin qu'il se met à lire)*
Oyez, oyez ! C'est moi qui vous parle, derrière le Voile. Quand je dis, j'édicte, et quand j'édicte, cela doit être gravé au fer rouge dans les mémoires. Car l'oubli est le pire des maux qui puisse affecter une nation. Souvenez-vous, mes brebis. Je vous ai

conduits du désert jusqu'aux pâturages. Je vous ai appris à construire des maisons en dur, des routes carrossables. Je vous ai fait découvrir l'eau courante, l'électricité, la T.S.F., la télévision, l'antenne parabolique. Vous étiez des tribus, j'ai fait de vous un peuple. Vous parliez vingt dialectes différents, je vous ai donné une langue. Vous pensiez que la Terre était plate et immobile, je vous ai révélé qu'elle était ronde et tournait sur elle-même. Vous aviez peur des djinns et autres esprits malfaisants, je vous ai pris sous mon aile protectrice et vous ai rassurés. Vous ne mangiez que de l'orge, je vous ai fait venir de loin, de très loin, la pomme de terre, sans parler du thé et du café. Vos enfants apprenaient à écrire sur des planchettes en bois, dans des caves humides, je leur ai ouvert des écoles et distribué des livres, une soupe à midi et un morceau de pain avec du chocolat à l'heure du goûter. Vous souffriez de la vermine, du trachome, de la lèpre, des sauterelles, j'ai vaincu ces fléaux. Vous adressiez vos prières à des arbres, des pierres, des animaux et des astres, j'ai uni vos cœurs dans la foi véritable. Vous laissiez vos instincts vous mener, je les ai apprivoisés et vous ai inculqué des règles de conduite.

Vous voilà enfin civilisés !

C'est le moment que j'ai choisi pour guider vos pas dans un chemin rude et périlleux. Car j'ai décidé de vous octroyer la li-ber-té ! Puisque c'est la mode, allons-y. Qu'est-ce que j'ai à perdre ? Désignez le petit nombre de forts en gueule qui vont parler à votre place. Voyons voir s'ils vont être aussi forts en calcul et quelle méthode révolutionnaire ils vont nous inventer pour le ramassage et le traitement des ordures.

La partie commence. Que chacun s'active et

défende son programme. Parlez, écrivez, déballez votre linge sale. Jouez bien, mes brebis, découvrez la liberté !

J'ai dit, édicté. Que cela soit gravé !

(Le crieur public enroule son parchemin, le range et se remet à battre du tambour. Ses accompagnateurs jouent de leurs instruments.)

LE CRIEUR PUBLIC
Oyez, oyez.

ACCOMPAGNATEUR 3
Même si vous n'entendez pas, dites :

LES AUTRES ACCOMPAGNATEURS *(en chœur)*
Nous avons entendu.

ACCOMPAGNATEUR 3
Même si vous ne participez pas au festin, dites :

LES AUTRES ACCOMPAGNATEURS *(en chœur)*
Nous nous sommes régalés.

LE CRIEUR PUBLIC
Oyez, oyez.

(Ils sortent.)

SCÈNE VII

(Les lumières clignotent vivement. Branle-bas. On installe une tribune, des tables et des chaises. Essais de micro. Musique de générique. Sur cette musique, on déroule des banderoles où l'on peut lire des slogans électoraux :

« Le couscous et le burnous pour tous »

« A bas la polygamie »

« La chasse est un droit de l'homme »

« Non à la sécheresse »

« Pour le progrès des progressistes »

« La liberté ou la valise »

« Le boycott, c'est l'intelligence »

« Le monde n'est pas parfait »

Les candidats et les spectateurs prennent place selon

un dispositif comparable à celui des grandes émissions de télévision. Musique solennelle. Le modérateur bondit sur scène sous des applaudissements artificiels.)

LE MODÉRATEUR
Bienvenue à toutes et à tous. Nous allons vivre un grand moment d'émotion. Nous veillerons à ce que la poésie ne soit pas absente du formidable débat d'idées qui va avoir lieu. Merci d'être au rendez-vous de l'intelligence. Merci, du fond du cœur. Et sans plus tarder *(il sort un chronomètre de sa poche)*, nous allons donner la parole au premier candidat.

(Le candidat 1 monte à la tribune. Applaudissements et sifflements.)

CANDIDAT 1 *(il s'éclaircit la voix)*
Messieurs...

SPECTATRICE 1
Mesdames, d'abord !

CANDIDAT 1
Chers amis...

SPECTATEUR 1
Pas de familiarité. C'est « compatriotes » qu'il faut dire.

CANDIDAT 1
Patriotes !

SPECTATRICE 2
 On ne va pas à la guerre.

CANDIDAT 1
 Citoyens !

SPECTATEUR 2
 Depuis quand, je vous prie ?

LE MODÉRATEUR
 Silence, s'il vous plaît. La liberté, ce n'est pas seulement parler, c'est aussi écouter.

SPECTATRICE 1
 C'est à lui de nous écouter.

LE MODÉRATEUR
 Vous aurez la parole après. Prenez patience.

SPECTATEUR 1
 Et le droit à l'impatience, qu'est-ce que vous en faites ?

LE MODÉRATEUR
 C'est un droit respectable. Mais laissons s'exprimer d'abord les candidats.

SPECTATEUR 1 *(il se lève)*
 Je ne veux pas cautionner cette mascarade.

SPECTATEUR 2 *(le retenant)*
Attendez au moins qu'elle se déroule.

SPECTATEUR 1
Bon, mais je vous aurai prévenus. *(Il se rassoit.)* Ah je ne crois pas à tout ce cirque, moi !

CANDIDAT 1 *(s'éclaircissant la voix)*
Hm, hm... Je voulais vous dire...

CANDIDATE 1 *(elle se lève)*
Votre temps de parole est terminé. Désolée, c'est mon tour.

LE MODÉRATEUR *(regardant son chronomètre)*
C'est juste. *(S'adressant au candidat 1.)* Rassurez-vous, ce n'est que partie remise, quand vous aurez un peu plus de métier.

(La candidate 1 monte à la tribune.)

CANDIDATE 1
Je vais vous raconter une histoire. Celle du loup et de l'agneau.

SPECTATEUR 2
On connaît la musique.

CANDIDATE 1
Ma version est justement différente. Donc l'agneau, et non le loup, remarquez-le bien, l'agneau avait faim,

une faim de loup, ne vous déplaise. Sur ce, il rencontra un loup, un vrai, qui venait, lui, de dévorer deux pauvres agneaux égarés. Le loup était repu et n'aspirait qu'à s'étendre à l'ombre d'un arbre pour digérer tranquillement et faire sa sieste. L'agneau se dressa devant lui, l'air menaçant :

— Que veux-tu ? lui demanda le loup. Passe ton chemin. C'est la trêve aujourd'hui.

— Mon œil, lui répondit énergiquement l'agneau.

— C'est une menace ? s'enquit le loup, décontenancé.

— Tu peux faire ta prière, lui rétorqua l'agneau.

— Tu plaisantes, reprit le loup. Tu n'as pas de crocs ni de griffes pour te battre.

— J'ai une rage qui dure depuis des millénaires, s'écria l'agneau. Une rage des dents, des tripes, des yeux, de l'âme. Et c'est cette rage qui va t'ôter la vie.

Sur ce, l'agneau se jeta sur le loup et le déchira à belles dents. Je vous laisse méditer cette fable.

SPECTATEUR 1

C'est de la politique-fiction.

SPECTATEUR 2

L'agneau, la femme. Le loup, l'homme. Je vois où vous voulez en venir.

SPECTATRICE 1

Vous ne voyez pas plus loin que le bout de votre nez.

SPECTATEUR 1

Ah je ne crois pas à tout ce cirque, moi.

LE MODÉRATEUR

C'est à méditer, en effet. A méditer profondément. Merci madame et au suivant !

(Le candidat 2 monte à la tribune.)

CANDIDAT 2

Salut à vous, dignes citoyens d'une nation glorieuse à la mission éternelle. Que le miel de l'unité ne quitte jamais votre bouche, que le lait de la liberté coule dans vos baignoires et porte à son zénith votre haute vigueur physique et morale. O vous les vrais élus qui nous ferez l'insigne honneur de nous élire si nous parvenons à être dignes du sable de vos pieds. Faites un signe, et nous nous mettrons à déchiffrer l'auguste message. Un murmure, et il sera notre cri de ralliement. Dessinez un petit trait sur votre page blanche et nous le convertirons en un plan de bataille.

SPECTATRICE 1

Et en avant la pommade, ça me dégoûte.

CANDIDAT 2

Oui, vous avez raison de nous blâmer. N'hésitez pas. Nous en avons besoin pour guérir de l'orgueil, l'appât du lucre, la concupiscence, la paresse. Allez-y, fustigez nos tares, frappez-nous sur la nuque, et sans vous faire mal, de grâce. Nous ne sommes que vos serviteurs, ô vous qui êtes la pierre philosophale du pouvoir et l'obélisque de sa force.

LE MODÉRATEUR
Voilà des paroles qui rehaussent le débat. Merci... Candidat suivant !

SPECTATEUR 1
Ah je ne crois pas à tout ce cirque, moi !

(Le candidat 3 monte à la tribune.)

CANDIDAT 3
Mes prédécesseurs respectés ont à l'évidence un talent oratoire. Mais, je suis désolé pour eux, ils n'ont pas de programme. Ils ne nous proposent rien de concret, et ce n'est pas un hasard. Ils semblent avoir oublié que l'aspiration à la liberté passe par la satisfaction d'un certain nombre de besoins vitaux. Croient-ils vraiment que l'homme pense parce qu'il a un cerveau ou des mains ? Moi je dis que l'homme pense quand il a un ventre bien rempli. La partie la plus sensible, la plus révélatrice du corps humain, celle qui mérite toutes nos attentions, n'est-elle pas le tube digestif ? Allons donc au fond des choses et posons-nous les vraies questions. Pourquoi travaillons-nous ?

PLUSIEURS SPECTATEURS *(chahutant le candidat 3)*
Pour le tube digestif !

CANDIDAT 3 *(comme s'il avait été encouragé)*
Pourquoi faisons-nous de la politique ?

PLUSIEURS SPECTATEURS
Pour le tube digestif !

CANDIDAT 3
Pourquoi vivons-nous ?

PLUSIEURS SPECTATEURS
Pour le tube digestif !

CANDIDAT 3
Mesdames, messieurs, je vois que vous m'avez compris. Vous voterez utile, je n'en doute pas.

LE MODÉRATEUR
Un programme clair. On ne peut pas dire que vous laissez les gens sur leur faim. Merci de votre prestation.

SPECTATEUR 1
Ah je ne crois pas à tout ce cirque, moi !

SPECTATRICE 1
Vous n'aviez qu'à rester chez vous. Nous, on est venus ici pour se battre.

(Le candidat 4 monte à la tribune.)

CANDIDAT 4
Dieu me pardonnera d'avoir dû écouter ces balivernes. Mais je sais qu'il a voulu me mettre ainsi à l'épreuve, moi qu'il a désigné pour que sa parole

retentisse et fasse frémir les cœurs. O peuple inconscient et frivole, ouvre les yeux, détourne-toi de ceux qui veulent te conduire à ta perte. Leurs paroles ne sont que des crottes de chameaux nourris comme des porcs. Ils te proposent vingt chemins alors qu'il n'y a qu'une seule voie, trente couleurs pour que tu oublies la couleur authentique, quarante livres quand tous les livres du monde pâlissent en présence du Livre unique. Plus grave, on te fait miroiter une liberté illusoire, on te propose la mascarade du choix alors que tu as déjà choisi depuis que tu es tombé du ventre de ta mère. Tu as voté avant que de naître. Ne l'oublie pas, car ceux qui feignent d'oublier, ceux-là connaîtront les feux de la géhenne éternelle. Leurs corps seront carbonisés...

LE MODÉRATEUR
Excusez-moi ! Vous avez dépassé votre temps de parole.

CANDIDAT 4
Tu oses me couper, fils de chien !

LE MODÉRATEUR
C'est le règlement.

CANDIDAT 4
Vous allez voir, bientôt vos règlements ne vaudront pas une pelure d'oignon, un pet de brebis.

SPECTATRICE 1
Du vent !

CANDIDAT 4

Chienne ! Qu'est-ce que tu fais ici ? Et d'abord couvre-toi la tête.

SPECTATRICE 1

J'ai oublié chez mon amant mon chapeau à plumes.

(Rires de l'assistance. Le candidat 4 descend de la tribune en continuant à proférer des menaces. La candidate 2 monte à la tribune.)

CANDIDATE 2

Je ne vais pas y aller par quatre chemins, surtout après ce que je viens d'entendre. Il faut en finir avec le pouvoir masculin. Seules les femmes peuvent tourner la page d'une histoire remplie de sang et de larmes, arrêter son cortège de guerres, d'oppression et d'horreurs. Je le dis haut et net : les hommes ont déshonoré l'humanité et risquent de la conduire à la solution finale, mais finale finale ! Alors mes sœurs, préparons-nous à la relève. Quant à vous, messieurs, il n'est pas trop tard pour vous convertir. Mettez-vous sous la bannière des femmes si vous voulez sauver votre âme. Je ne vous demande pas bien sûr de renoncer à vos attributs particuliers. Vous voyez ce que je veux dire ? Ceux-là, on en aura encore besoin. Mais pour le reste, passez la main. Il y va de notre salut à toutes et à tous.

SPECTATEUR 2

Et les quotas, qu'allez-vous faire des quotas ?

CANDIDATE 2

Ce que vous en avez fait, vous messieurs. Maintenant, si ça se passe bien, nous les réviserons peu à peu.

SPECTATEUR 3

Devrions-nous nous habiller différemment ?

CANDIDATE 2

L'abolition du port de la cravate figure dans mon programme. Quant au reste, ce n'est pas encore tranché.

SPECTATEUR 2

Comment on va partager les tâches ménagères ?

CANDIDATE 2

On ne va pas régler ces détails dès maintenant.

SPECTATEUR 2

Vous appelez ça un détail ! Mon dieu !

SPECTATEUR 1`

Ah je ne crois pas à tout ce cirque, moi !

SPECTATRICE 1

Ça va pas la tête ? Pour une fois que quelqu'un parle vrai !

LE MODÉRATEUR

Voilà un programme qui fera des vagues. Merci,

madame. Nous arrivons au dernier candidat. Soyez bref, s'il vous plaît.

(Le candidat 5 monte à la tribune. On reconnaîtra le Juge de l'ombre.)

CANDIDAT 5

Connaissez-vous l'histoire de ce tribun qui pose une colle à l'assistance venue l'écouter ? Je vais vous la raconter pour illustrer mon propos. Notre tribun pose donc d'emblée à son auditoire la question suivante :

— Savez-vous ce que je vais vous dire ?

— Non, non, murmurent les gens.

— Puisque vous êtes ignorants à ce point, je ne vois pas l'intérêt de cette réunion.

Et il fait mine de s'en aller. C'est alors qu'un retournement d'opinion a lieu, et une partie de l'assistance se met à crier :

— Si, si, nous le savons.

Le tribun, qui avait médité son coup, leur rétorque avec un sourire de satisfaction :

— Eh bien, que ceux qui savent éclairent de leur science les ignorants.

SPECTATEUR 2

On n'est pas plus avancés. Qu'est-ce que le tribun voulait dire ?

SPECTATRICE 1

Vous cherchez à gommer l'effet du discours de votre concurrente. C'est déloyal.

LE MODÉRATEUR
Concluez s'il vous plaît.

CANDIDAT 5
Oh, je n'ai rien à ajouter. Je vous laisse simplement méditer la courte anecdote que voici :
Par une belle nuit d'été, deux compères marchaient côte à côte quand l'un d'eux leva la tête vers le ciel et s'exclama :
— Que la lune est belle !
Et l'autre de lui rétorquer :
— Oh oui, surtout la nuit !
A bon entendeur, salut !

SPECTATEUR 2
C'est pas avec des blagues qu'on va s'en sortir.

LE MODÉRATEUR
Sur cette note poétique et humoristique s'achève notre séance. Merci d'avoir été au rendez-vous de l'intelligence. Merci de votre fidélité et à la prochaine.

(Le subordonné, qui était dans l'assistance, se lève et se met à donner des coups de sifflet.)

LE SUBORDONNÉ
Terminé ! Dispersez-vous, dispersez-vous !

SPECTATEUR 2
Et la discussion ?

SPECTATEUR 1
Je vous l'ai dit que je ne croyais pas à tout ce cirque !

SPECTATRICE 1
Ah vous, ça suffit.

LE SUBORDONNÉ
Dégagez, dispersez-vous !

(Les lumières clignotent vivement. Musique de générique. Branle-bas. La tribune est retirée. La scène, débarrassée des autres accessoires. Tout le monde sort. La musique baisse. Noir.)

SCÈNE VIII

(Le Juge de l'ombre et l'Arabe errant, seuls.)

LE JUGE DE L'OMBRE
   Alors ?

L'ARABE ERRANT
   Alors quoi ?

LE JUGE DE L'OMBRE
   Que pensez-vous de nos mœurs politiques ?

L'ARABE ERRANT
   Assez banales... Dites-moi, vous voulez me faire plaisir ?

LE JUGE DE L'OMBRE
   Si je peux, bien sûr.

L'ARABE ERRANT

Vous le pouvez. Vous croyez que je n'ai pas compris que c'est vous qui tirez les ficelles de ce jeu de marionnettes ?

LE JUGE DE L'OMBRE

Ce n'est pas aussi simple. J'y prends part, mais je suis loin de tout maîtriser.

L'ARABE ERRANT

Vous voulez me faire plaisir ?

LE JUGE DE L'OMBRE

Je veux bien.

L'ARABE ERRANT

J'ai besoin d'une pause pour me changer les idées. D'un intermède musical qui me fasse voyager. Je suis là, assis depuis des heures. C'est un vrai record pour un errant.

LE JUGE DE L'OMBRE

Je vais voir ce que je peux faire.

(Il se lève et s'éclipse. Noir. On entend les premières notes d'un tango. La musique monte. Lumières appropriées, celles d'un cabaret. Le chanteur entre et commence à interpréter une chanson dans la pure tradition argentine. Trois couples entrent et se mettent à danser au rythme de la chanson. Fin de la chanson et de la danse. Les artistes sortent. Noir.)

SCÈNE IX

(L'Arabe errant seul. Il s'avance en fredonnant les dernières notes du tango et en dansant légèrement. Il s'arrête.)

L'ARABE ERRANT

Quand j'ai raconté ça à mes amis, l'étonnement qu'ils ont manifesté frisait l'incrédulité. Il y eut entre nous un silence de temps suspendu. L'invisible (ange ou démon ?) qui passa à ce moment-là laissa échapper comme un sanglot. Mes amis attendaient des explications, un dénouement sous la forme d'un rire à la suite duquel je leur aurais dit avec malice :

— C'était juste une blague, une idée farfelue, un mirage intérieur. Pensez-vous, moi argentin ? Allons donc ! J'adore le tango, l'affaire s'arrête là.

Mais l'affaire ne s'arrêta pas là. Mes amis ont, eux, les pieds sur terre. Ils n'aiment pas ce qui leur échappe. Ils sont revenus à la charge.

— Puisque tu as dit cela, c'est qu'il y avait une raison.

Ils m'ont harcelé, harcelé jusqu'à ce que je craque et lâche le morceau.

Avant de passer aux aveux, j'ai maintenu un peu le suspense. Je les ai invités, pour les mettre dans le bain, à un exercice que j'ai maintes fois testé sur des auditoires variés, jeunes et moins jeunes, publics souvent oublieux et assez blasés des contrées du Nord, publics assoiffés de connaissances et de vérités concrètes comme il en existe encore dans les contrées du Sud. Je leur ai demandé :

— Pouvez-vous, pendant un bref instant (moins long que la fameuse minute de silence), vous abstraire du tourbillon du quotidien, du lieu où vous êtes, du vacarme ambiant, des tourments de votre pensée et vous concentrer sur... sur... les battements de votre cœur ? Retenez votre haleine et écoutez ces pulsations. Diastole-sistole. Diastole-sistole. Il suffit de peu pour que l'illumination se produise et que vous découvriez que vous êtes... tout simplement... vivants. Oui, vivants ! Et cette découverte vous amène aussitôt à une autre. La plupart du temps, vous oubliez que vous l'êtes. Vous assimilez à la vie cette somme d'occupations et d'actions sans lesquelles vous pensez ne pas pouvoir exister. Mais le tourbillon de la vie, ce n'est pas la vie. Souvent, il nous empêche de prendre le temps d'écouter, de voir, sentir, palper, explorer non pas les continents lointains mais ceux que nous avons sous les yeux et dont la réalité nous reste opaque. Nous passons à côté de l'arbre familier, de l'animal, de la pierre, de l'être que nous croyons aimer, sans percevoir les messages qu'ils nous délivrent, les signaux de détresse qu'ils nous envoient. Et même quand nous les regardons et poussons l'attention jusqu'à les caresser, nos mains ne font que glisser sur eux sans recueillir le frisson du partage.

Il y eut un nouveau silence entre nous. L'invisible (ange ou démon) repassa et laissa échapper cette fois-ci un ricanement. J'en conclus je ne sais pourquoi que mes amis avaient suivi d'une oreille distraite mes propos, estimant qu'il s'agissait d'une tentative de diversion. L'un d'eux me relança :

— J'ai fait ce que j'ai pu pour ton exercice. Mais je ne vois pas le rapport avec ton histoire de tango.

— Nous vivons plusieurs vies, ai-je repris. Dans l'une d'elles, un jour, ou plutôt une nuit, il m'est arrivé ceci : j'écoutais quelque part à Paris un groupe de tango quand brusquement j'eus le sentiment, que dis-je, la certitude d'être... d'être argentin ! Plus la soirée avançait, plus cette évidence s'imposait à moi. Le fait de n'avoir jamais mis les pieds en Argentine me paraissait dérisoire. J'avais en moi, avec une force inouïe, le souvenir passé et futur d'une terre où j'ai été sculpté dans la glaise, le sanglot déchirant d'une musique qui me faisait danser le sang, les mots d'une langue que j'ai dû souvent parler dans mon sommeil, le vent noir d'une histoire sans scribe ni témoins où je me reconnaissais dans toutes les tragédies. Comment dire ? Etre argentin me remplissait, me prolongeait, ravivait une nouvelle braise, un autre appel vers ce que je suis et ne peux pas être encore.

Depuis lors, je sais que l'homme ne naît pas quelque part, d'une seule traite. En fait, il ne s'arrête pas de naître.

(L'Inattendue apparaît.)

L'INATTENDUE
Qu'es-tu venu faire ici ? Je croyais qu'avec tout ce que tu as subi parmi nous tu allais effacer de ta mémoire cette terre étroite, ses mirages et ses misères, les sacrifices humains qu'on continue à y pratiquer secrètement. Nostalgique ?

L'ARABE ERRANT
De quoi ? Quand je cherche, je ne sais pas à l'avance ce que je vais trouver. Il se peut que je retrouve aussi ce qui m'a habité auparavant. Il y a une part de l'enfance dans le passé, il y en a une autre qui reste à venir.

L'INATTENDUE
Le monde est trop vieux pour supporter une nouvelle enfance. Ses questions se sont usées.

L'ARABE ERRANT
Ce sont les routes goudronnées qui s'usent. Pas le chemin libre de l'errant. Lui n'achète pas de billet de train, de bateau. Il ne fait pas d'auto-stop. Il marche...

L'INATTENDUE *(le plaisantant)*
Il marche, il marche, il marche...

L'ARABE ERRANT
Il marche car il sait que, s'il s'arrête, il lui faudra endosser l'uniforme de la conformité, se mettre à acheter et à vendre, à se vendre et à acheter les autres. Il deviendra un tueur potentiel.

L'INATTENDUE
Tous ceux qui sont bloqués au milieu de la foule, des embouteillages, ne sont pas des tueurs. Ils essaient de se frayer leur chemin, apprendre à vivre dans la fourmilière et faire avec ses lois implacables.

L'ARABE ERRANT
Je ne blâme personne. Quand on parle sous la torture, on n'est pas pour autant un salaud.

L'INATTENDUE
Tu as parlé, toi ?

L'ARABE ERRANT
J'ai failli le faire. Mais je ne l'ai pas fait. On m'a donc pris pour un héros.

L'INATTENDUE
Ça t'a pesé tant que ça ?

L'ARABE ERRANT
Oui, car lorsqu'on vous prend pour un héros, c'est jugé. Vous devenez aux yeux des autres une abstraction. Vous devez rester à votre place, ne pas toucher à votre image, ne rien changer à votre rôle. Une statue, c'est bien connu, n'a pas de sexe, de désirs, d'états d'âme. Elle n'a pas le droit de fantasmer sur les passants, de cracher sur les sales tronches qui la zieutent en bavant, de faire des fugues, de se cacher pour broyer son noir tranquillement. Une statue ne se contredit pas, ne pleure pas, n'étend pas ses doigts sur une flamme pour s'éprouver.

L'INATTENDUE
Arrête de geindre. Tout cela est dépassé. Il n'y a plus beaucoup de statues qui soient encore debout. Reviens sur terre. Un jour ou l'autre, il faut bien ranger le bâton de pèlerin et la tunique de laine.

L'ARABE ERRANT
Je n'ai pas ce genre d'accessoires. Ils font partie d'un autre uniforme que je n'ai pas envie d'endosser si je veux continuer à creuser le chemin qui est le mien.

L'INATTENDUE
Et pour cela, il faut que tu t'éloignes sans cesse ?

L'ARABE ERRANT
Oui, j'ai besoin de cet éloignement. Me porter là où j'ai le sentiment d'être perdu, de ne plus exister, ni pour moi ni pour les autres. Me dissoudre après avoir retraversé ma vie d'adulte, d'adolescent et d'enfant, après avoir éprouvé les sensations du fœtus, de l'embryon et puis hop, disparaître dans la nuit du mystère. J'ai besoin de cela si je veux envisager un quelconque retour, retraverser en sens inverse des âges et des époques, fouler la terre, me purifier dans la mer, réapprendre le cri inaugural et la parole, serrer des mains, m'émouvoir à la rencontre de mon frère l'arbre, laisser libre cours à ma rage de tendresse quand je m'unis au corps fondant, éblouissant de l'aimée, retrouver en moi le don et ses raisons. Car si je m'éloigne, c'est pour chercher ces raisons de donner, et abolir autant que possible cette manie de vouloir recevoir quelque chose en échange.

L'INATTENDUE
Tu restes combien de temps parmi nous ?

L'ARABE ERRANT
Devine ?

L'INATTENDUE
Tu te souviens du magnolia que nous avons planté dans le jardin ?

L'ARABE ERRANT
Un magnolia ? Je croyais avoir découvert cet arbre plus tard, ailleurs.

L'INATTENDUE
Ta mémoire te joue encore des tours. Nous l'avons planté, ce magnolia, dans notre ancien jardin. Il a grandi maintenant et donne des fleurs énormes.

L'ARABE ERRANT
J'aimerais aller le voir.

L'INATTENDUE
Viens, on le regardera du dehors.

(On entend des coups de sifflet. L'Inattendue s'enfuit. Le subordonné entre.)

LE SUBORDONNÉ
Vos papiers, s'il vous plaît !

L'ARABE ERRANT *(il fouille dans ses poches)*
Je n'ai que ce document.

LE SUBORDONNÉ *(examinant le papier)*
Qu'est-ce qui est écrit là ?

L'ARABE ERRANT
Apatride.

LE SUBORDONNÉ
C'est quoi, apatride, une nationalité ?

L'ARABE ERRANT
Un apatride, c'est quelqu'un qui croit que sa patrie, c'est toute la Terre.

LE SUBORDONNÉ
Et vous croyez ça, vous ?

L'ARABE ERRANT
J'essaie de m'en convaincre. Je peux me tromper.

LE SUBORDONNÉ
Bon, bon. Mais votre visa expire aujourd'hui. Vous devez quitter le territoire avant l'aube. Après ce délai, vous serez considéré comme un clandestin. Vu ?

L'ARABE ERRANT
Vu et entendu.

LE SUBORDONNÉ *(lui rendant son document)*
J'espère que notre contrée vous a plu. Allez, bonne chance.

(Le subordonné part brusquement en donnant des coups de sifflet. Il sort. L'Arabe errant le suit. Noir.)

SCÈNE X

(Le Juge de l'ombre est à sa place, seul. Le gradé entre.)

LE GRADÉ
Alors monsieur... Comment faut-il dire... Monsieur le Juge, je suppose ?

LE JUGE DE L'OMBRE
Appelez-moi comme vous voulez.

LE GRADÉ
Et votre nouvelle recrue, votre ami, où est-il parti ?

LE JUGE DE L'OMBRE
Rendre visite à un arbre.

LE GRADÉ
A un arbre ! Ah bon. On m'a dit qu'il a été vu, pas

loin d'ici, avec une femme, une femme qui nous pose des problèmes en ce moment.

LE JUGE DE L'OMBRE
Vous faites surveiller les femmes aussi maintenant ?

LE GRADÉ
Tiens donc ! Vous feignez l'ignorance alors que vous êtes un des hommes les plus renseignés de nos contrées.

LE JUGE DE L'OMBRE
Loin de moi l'idée de marcher sur vos plates-bandes. Je ne confonds pas l'observation et le renseignement. Quant à la répression...

LE GRADÉ
Vous n'avez que ce mot à la bouche.

LE JUGE DE L'OMBRE
Ce n'est pas un mot, c'est une réalité.

LE GRADÉ
Et alors ? Croyez-vous qu'une société, la plus évoluée soit-elle, puisse fonctionner sans lois et sans la coercition qui impose le respect de ces lois ?

LE JUGE DE L'OMBRE
Qui les édicte, ces lois ?

LE GRADÉ
Vous et moi. Elles ne sont que le reflet de ce que nous sommes, des êtres cupides, féroces, mais doués d'un peu de raison qui les amène à établir des règles pour ne pas s'entre-bouffer.

LE JUGE DE L'OMBRE
Je vois que la réflexion avance dans votre administration.

LE GRADÉ
Bien sûr, nous évoluons nous aussi. Nous lisons beaucoup. Nos services comptent de plus en plus d'intellectuels, de scientifiques et même, je vais vous étonner, de femmes tout à fait capables, bien rodées, discrètes.

LE JUGE DE L'OMBRE
Vos locaux sont toujours aussi sinistres. Vous n'arrivez pas à y étouffer le cri des suppliciés.

LE GRADÉ
Il reste beaucoup à faire, mais nous sommes déjà entièrement informatisés. Nous avons vidé les locaux les plus insalubres, relogé nos pensionnaires dans des établissements respectant les normes requises par les conventions internationales. Et puis surtout, nous recherchons l'ouverture, le dialogue.

LE JUGE DE L'OMBRE
Et en dialoguant vous continuez à arracher des aveux.

LE GRADÉ
Arrêtez vos bouffonneries, excusez-moi, je voulais dire vos taquineries... Je suis venu vous voir cette fois-ci en ami.

LE JUGE DE L'OMBRE
Que voulez-vous acheter ?

LE GRADÉ
Rien. Je veux qu'on parle d'homme à homme, pour une fois.

LE JUGE DE L'OMBRE
Ne tournez pas autour du pot. Videz votre sac.

LE GRADÉ
Restons courtois. Je voudrais vous suggérer...

LE JUGE DE L'OMBRE *(indiquant son habillement)*
Vous voyez bien, je ne porte pas de veste pour pouvoir la retourner.

LE GRADÉ
Ne soyez pas susceptible à ce point. Pourquoi ne pas chercher un terrain d'entente ? Vous connaissez le proverbe : Seuls les montagnes et les murs ne se rencontrent pas. Regardez autour de vous. Que se passe-t-il ? Les ennemis d'hier deviennent les amis d'aujourd'hui, les alliances se renversent, les idéologies crèvent comme des baudruches. Les têtes chaudes que vous connaissiez dans le temps se sont rangées pour la plupart. Certains d'entre eux ont réussi dans les

affaires, d'autres sont devenus de respectables députés. Qui s'en plaindrait ? Certes, il y a des résurgences de l'extrémisme sous d'autres formes, mais tout cela va se tasser avec le temps et l'ordre finira par régner. Il faut donc préparer dès maintenant cette ère de concorde où la coercition sera admise comme un facteur d'équilibre, de bonheur. C'est une grande et noble tâche que nous avons devant nous.

LE JUGE DE L'OMBRE
Et vous voulez que j'y participe ?

LE GRADÉ
Pas directement. Je ne veux pas vous donner d'illusions, nous avons dû mettre un bémol au recrutement. Mais il y a mille façons...

LE JUGE DE L'OMBRE
De collaborer.

LE GRADÉ
Quelle langue de bois ! Pourquoi ne pas dire coopérer, s'entraider, faire coïncider des intérêts communs ? Tenez, pourquoi ne pas réfléchir ensemble à une reconversion de votre activité ?

LE JUGE DE L'OMBRE
J'y pensais, figurez-vous, mais j'ai des idées bien arrêtées là-dessus.

LE GRADÉ
Ne réprimez pas vos idées, relâchez-les ! *(Il s'esclaffe.)*

Bon, parlons franchement : vous avez du savoir-faire, nous, on a le nerf de la guerre, sans parler des facilités et prestations en tout genre. Nous pouvons vous donner les moyens de rénover, et le capital de base.

LE JUGE DE L'OMBRE

Que suggérez-vous ? Une agence de voyages, une boîte d'intérim, une école de formation de poètes officiels ?

LE GRADÉ

Et l'esprit d'entreprise, qu'en faites-vous ? L'autonomie de la pensée, n'est-ce pas votre dada ? Creusez-vous les méninges, pardi ! Vous voyez combien nous avons changé ? Nous n'imposons rien, nous faisons appel à la créativité.

LE JUGE DE L'OMBRE

Je vois. Eh bien, je vais y réfléchir... Et si je ne marche pas dans votre combine, qu'arrivera-t-il ?

LE GRADÉ

Que croyez-vous ? Ça sera tant pis pour vous. Personne n'est indispensable.

LE JUGE DE L'OMBRE
Personne, en dehors de vous.

LE GRADÉ

Notre rôle est justement de faire en sorte que personne ne soit indispensable.

LE JUGE DE L'OMBRE
Régner ainsi, ça rapporte quoi, en dehors des privilèges ?

LE GRADÉ
Le sentiment parfait que tout vous est permis.

LE JUGE DE L'OMBRE
Vous en retirez du plaisir ?

LE GRADÉ
Nous sommes bien au-dessus du plaisir car la perfection ne jouit pas, elle s'admire... Bon, je me suis assez attardé ici. J'attends votre réponse. Ne me décevez pas. A plus tard.

(Il sort. Le Juge de l'ombre reste seul, pensif.)

LE JUGE DE L'OMBRE
Nom de dieu ! Si même moi on essaie de me récupérer, c'est que les carottes sont cuites !

(Il range sa balance et sort. Noir.)

SCÈNE XI

(Air d'accordéon. Le recruteur, coiffé d'un béret noir, entre, suivi de son aide. Ils installent table, chaises et dossiers. Le recruteur plante dans un socle un écriteau où on lit : « Aspirants à l'intégration ». L'aide trace au sol une ligne rouge, à deux mètres de la table du recruteur, plante un autre écriteau : « Placez-vous derrière la ligne rouge ». La musique baisse.)

LE RECRUTEUR *(claquant des doigts)*
Passez-moi les dossiers.

L'AIDE *(s'exécutant)*
Les voici. Les principes de sélection ont été respectés à la lettre.

LE RECRUTEUR
C'est ce qu'on va voir. Les dossiers ne sont que des dossiers. Moi je juge sur pièces.

L'AIDE

Nous n'avons pas lésiné sur les critères physiques. Le dernier à les avoir auscultés est notre dentiste.

LE RECRUTEUR *(examinant les dossiers)*

C'est bon. Si je n'aime pas une chose, c'est bien la mauvaise haleine.

L'AIDE

Ils s'en sont sortis honorablement en dictée. Et croyez-moi, ça n'a pas été de la tarte. Ils ont eu, en avant-première, le texte du concours national qui va avoir lieu dans une semaine.

LE RECRUTEUR

Quelle a été la moyenne des fautes ?

L'AIDE

Ah, peu de fautes d'orthographe et de conjugaison. Ils ont eu surtout maille à partir avec les traits d'union et les apostrophes.

LE RECRUTEUR

Pas étonnant qu'ils aient buté sur ce qui fait le génie de notre langue. Encore qu'on leur mâche le travail en leur signalant les points-virgules. Que voulez-vous, la grammaire ne s'apprend pas uniquement, elle se transmet.

L'AIDE

Nous sommes bien obligés de faire avec ce satané seuil de tolérance.

LE RECRUTEUR
Foutez-moi la paix avec ce vocabulaire de politicards. Nous, nous ne cherchons pas à récolter des voix à n'importe quel prix. Nous veillons, ce que veut dire veiller, aux intérêts de la nation. Nous devons couper la route aux brebis galeuses, aux loups qui rôdent autour de la bergerie, à la horde des virus qui guettent la moindre faiblesse pour nous sauter à la gorge.

L'AIDE
Si vous permettez, nous avons aussi besoin de sang frais, je voulais dire de sang chaud.

LE RECRUTEUR
Dites plutôt que nous ne sommes plus capables de satisfaire nos femmes. Vous voyez que vous tombez dans le panneau.

L'AIDE
Il y a les chiffres.

LE RECRUTEUR
Qui sait s'ils ne sont pas trafiqués ? Moi, les chiffres ne m'impressionnent guère. Je ne crois qu'en ce que je vois. Bon, appelez-moi vos ouailles.

(L'aide agite une clochette. Les aspirants entrent, se bousculent devant la table du recruteur.)

L'AIDE
Qu'est-ce que c'est que cette pagaille ? Vous n'avez pas vu l'écriteau ? Derrière la ligne rouge, et en file

indienne ! Avancez quand on vous appellera par votre numéro.

(Les aspirants se mettent en file en maugréant.)

L'AIDE
Aspirant numéro un, avancez !

(L'aspirant 1 s'approche du recruteur et se met au garde-à-vous.)

LE RECRUTEUR
Repos ! On n'est pas à l'armée ici. *(Il cherche dans ses dossiers.)* Votre nom, c'est quoi déjà ?

L'ASPIRANT 1
Habdelmoglou ! *(Il aspire fortement le h.)*

LE RECRUTEUR *(cherchant)*
Qu'est-ce que c'est ce nom à couper au couteau ? Vous avez dit comment ? Ça commence par quelle lettre ?

L'ASPIRANT 1
Habdelmoglou, monsieur. Ça commence par h.

LE RECRUTEUR
Et pourquoi vous l'aspirez si bruyamment, votre h ?

L'ASPIRANT 1
C'est qu'à l'origine, monsieur, on le prononçait de cette façon.

LE RECRUTEUR
Et ça s'est passé dans quelle langue ? Eclairez ma lanterne puisque vous êtes si savant.

L'ASPIRANT 1
Dans l'aire sémitique et chamito-sémitique.

LE RECRUTEUR
C'est des langues mortes, tout ça.

L'ASPIRANT 1
Ah non, plusieurs d'entre elles sont encore vivantes.

LE RECRUTEUR
Mais quel rapport avec notre langue ?

L'ASPIRANT 1
Aucun. Je voulais dire simplement que ces langues ont des sonorités différentes et qu'elles sont plus anciennes.

LE RECRUTEUR
Puisque c'est comme ça, retournez dans les pays où l'on parle ces langues que vous estimez supérieures et exprimez-vous à votre aise.

L'ASPIRANT 1
Je parle très mal ces langues, monsieur. Je suis né ici.

LE RECRUTEUR
Alors, allez où bon vous semble et ne revenez me voir que lorsque vous aurez un nom plus prononçable.

L'ASPIRANT 1
Les démarches pour changer de nom sont longues et compliquées, monsieur.

LE RECRUTEUR
Nous ne sommes pas pressés, et vous êtes encore jeune, n'est-ce pas ? Au suivant !

L'AIDE
Numéro deux !

(L'aspirante 1 s'avance. Elle porte un foulard.)

LE RECRUTEUR *(la dévisageant)*
On ne voit pas bien votre visage avec ce foulard. Enlevez-le.

L'ASPIRANTE 1
J'ai pas envie de prendre froid. Et puis je m'habille comme je veux !

LE RECRUTEUR

Vous deviez savoir avant de vous présenter ici que ce genre de signe extérieur vous enlèverait des points. Alors, ôtez-moi ce voile, fissa ! C'est dans votre intérêt.

L'ASPIRANTE 1

C'est pas un voile, c'est juste un foulard. Vous portez bien une calotte, vous.

LE RECRUTEUR

Mon béret, une calotte ! Pourquoi pas un tarbouche ? Qu'est-ce qu'il ne faut pas entendre !

L'ASPIRANTE 1

Et la croix que vous avez autour du cou, c'est quoi alors ?

LE RECRUTEUR

C'est un bijou de famille qui me vient de ma grand-mère. Mais dites donc, je ne vous permets pas. De quoi vous vous mêlez ?

L'ASPIRANTE 1

C'est vous qui avez commencé.

LE RECRUTEUR

Pour la dernière fois, enlevez-moi ce... tchador.

L'ASPIRANTE 1

Vous dites n'importe quoi. *(Elle enlève son foulard*

et le déplie.) Et vous n'êtes même pas capable d'apprécier la beauté de ces broderies.

(Elle s'élance, déploie le foulard en faisant le tour de la scène, puis s'arrête, le noue autour de ses hanches et se met à danser sur une musique orientale rythmée. Les autres aspirants l'encouragent, battent des mains.)

L'AIDE
Bon sang, arrêtez cette nouba... Arrêtez sinon tout le monde dehors.

(La musique s'arrête.)

LE RECRUTEUR *(pointant du doigt l'aspirante 1)*
Vous, sortez ! Rayée des cadres !

L'ASPIRANTE 1 *(partant d'un rire)*
Je vous emmerde, enculé !

(Elle sort.)

LE RECRUTEUR *(démonté)*
Elle va voir ce qu'elle va voir, cette petite garce. *(A son aide.)* Mettez-moi son dossier de côté. Procédure d'urgence ! Allez, au suivant et qu'on en finisse.

L'AIDE
Numéro trois !

(L'aspirant 2 s'approche.)

LE RECRUTEUR *(jetant un coup d'œil sur son dossier)*
Alors, Mamadou.

L'ASPIRANT 2
Je ne m'appelle pas Mamadou.

LE RECRUTEUR
Peu importe, c'est pour gagner du temps. Vous êtes musicien à ce qu'il paraît. De quel instrument jouez-vous ?

L'ASPIRANT 2
Je ne joue pas, je chante.

LE RECRUTEUR
Quels sont vos classiques ?

L'ASPIRANT 2
Je n'en ai pas besoin.

LE RECRUTEUR
Bien sûr, le Conservatoire, on connaît pas, hein ? L'histoire de la musique, c'est pour les chiens.

L'ASPIRANT 2
J'ai dû bosser depuis tout petit.

LE RECRUTEUR
Vous avouez donc que vous travaillez au noir. Vous êtes censé ne pas ignorer la loi.

L'ASPIRANT 2
Je donne un coup de main à mon père. On est huit bouches à nourrir dans la famille.

LE RECRUTEUR
Il a combien d'épouses votre père ?

L'ASPIRANT 2
Je ne comprends pas votre question.

LE RECRUTEUR
A d'autres ! Vous habitez dans combien de pièces ?

L'ASPIRANT 2
Deux, plus une cuisine et une salle de bains.

LE RECRUTEUR
Et vous en concluez que vous habitez quatre pièces. Vous les collectionnez, les infractions.

L'ASPIRANT 2
On s'entend bien entre nous.

LE RECRUTEUR
Vous recevez bien sûr une flopée de cousins.

L'ASPIRANT 2
Chez nous, l'hospitalité, c'est sacré.

LE RECRUTEUR
Vous vous sentez quoi, vous ?

L'ASPIRANT 2
Je me sens moi.

LE RECRUTEUR
Je pose ma question autrement. Vous vous sentez d'un pays ? Y a-t-il une langue, une culture qui vous tiennent particulièrement à cœur ? Vous pouvez vous battre pour elles si elles se trouvent menacées ?

L'ASPIRANT 2
Je veux simplement continuer à chanter.

LE RECRUTEUR
Vous refusez de répondre.

L'ASPIRANT 2
Il y a tout dans mes chansons.

LE RECRUTEUR
Au diable vos chansons !

(Musique de rap. L'aspirant 2 saisit le rythme et se met à chanter.)

L'ASPIRANT 2
Au diable vos chansons. On n'en a pas besoin. Si tu tiens à ta peau, écrase-toi. Fais-toi invisible. Coupe-toi un bout de la langue. Oublie la berceuse de ta grand-mère. Regarde-toi dans leur miroir. Frotte et frotte pour effacer la couleur. Jette tes rêves dans la poubelle. Ferme ton cœur à triple tour. Et quand tu as passé tous les examens, ne crois pas que tu vas t'en

tirer. Même si tu es seul, ne te mets pas à chanter car on te dira :

LES AUTRES ASPIRANTS *(ils chantent avec lui le refrain)*
Au diable vos chansons. On n'en a pas besoin. Ecrase.

LE RECRUTEUR
Oui c'est ça, écrase, on vous a assez entendus. *(S'adressant à son aide.)* C'est tout ce que vous avez à me proposer ? Je perds mon temps là.

L'AIDE
Numéro quatre !

(L'aspirante 2 avance. Sa coiffure et son habillement sont soignés.)

LE RECRUTEUR *(la dévisageant)*
Ouf, enfin quelqu'un dont la mise ressemble à quelque chose. Vous vous appelez ?

L'ASPIRANTE 2
Kadija.

LE RECRUTEUR
Kadija ! Ah j'ai connu une Kadija quand je faisais mon service militaire, là-bas. Des yeux de gazelle, et un parfum !

L'ASPIRANTE 2

Moi je n'utilise pas ce genre de parfum. C'est trop fort.

LE RECRUTEUR

Je comprends, votre odorat est déjà plus raffiné.

L'ASPIRANTE 2

C'est comme pour les couleurs, je n'aime pas qu'elles soient criardes.

LE RECRUTEUR

Bien ! Vous avez acquis le sens des nuances. De plus, vous n'avez presque pas d'accent.

L'ASPIRANTE 2

J'ai pris des cours de diction.

LE RECRUTEUR

Joli !

L'ASPIRANTE 2

Je veux devenir actrice.

LE RECRUTEUR

Pourquoi pas, il y a des précédents.

L'ASPIRANTE 2

Je choisirai un nom d'artiste anglo-saxon.

LE RECRUTEUR
Ça se discute, mais je vous comprends... Vous rêvez dans quelle langue ?

L'ASPIRANTE 2
J'ai des rêves en couleurs, moi, et en v.o.

LE RECRUTEUR
Vous avez des petits amis ?

L'ASPIRANTE 2
Je ne suis plus vierge, si c'est ça que vous voulez savoir.

LE RECRUTEUR
De mieux en mieux.

L'ASPIRANTE 2
Pour les voyages, je préfère les pays nordiques à ceux où il y a trop de soleil. La misère ne me branche pas.

LE RECRUTEUR
N'exagérons pas. Le soleil, ça a du bon si on ferme les yeux sur le reste.

L'ASPIRANTE 2
Je tiens à la blancheur de ma peau.

LE RECRUTEUR
C'est votre droit... Je ne vais pas vous retenir

davantage. Quand les choses sont claires, elles le sont. L'avenir vous sourit. Tournez-vous un peu pour que je me rende mieux compte.

(L'aspirante 2 se retourne et prend des poses de mannequin.)

LE RECRUTEUR *(fixant ses fesses)*
Ah oui, il vous sourit beaucoup, c'est clair. Au revoir mon enfant. Au r e v o i r.

(L'aspirante 2 sort en se déhanchant, fière d'elle-même.)

LE RECRUTEUR *(il la suit des yeux puis regarde sa montre et se lève)*
On s'arrête là. J'ai un rendez-vous à l'extérieur. Urgentissime !

L'AIDE *(montrant les derniers aspirants)*
Qu'est-ce qu'on fait de ces deux-là ?

LE RECRUTEUR *(agitant la main)*
Demain !

L'AIDE *(aux aspirants)*
Vous avez entendu ? Revenez demain.

(Les aspirants sortent en marmonnant. Le recruteur et l'aide s'éclipsent. Noir.)

SCÈNE XII

(Le subordonné entre, inspecte rapidement les lieux et sort. L'Inattendue apparaît.)

L'INATTENDUE

Je resterai ici. Qu'ils cherchent ! L'aiguille dans la botte de foin, l'arête dans la gorge, c'est moi, la femme sans visage. Chat, chienne, jument de cimetière, oiseau du tonnerre. Je garde en mémoire les lignes prometteuses de toutes les mains coupées, dévorées par le sable sous l'œil arraché de Caïn. Je garde en mémoire la couleur du Continent englouti sans jugement, le chant de la caravane perdue, les frissons de l'aube rompue à la désobéissance. O nuit sans rivages, que puis-je dire encore à mes rejetons pour les protéger de l'insomnie, de cette peur qui leur fait écarter le pain chaud du matin et rend les mots amers dans leur bouche ? Vers quelle oasis, quelle île ayant gardé quelque mystère dirigerai-je leurs pas ? Dans quel havre la fugitive pourra-t-elle les réunir afin de leur raconter, mille et une autres nuits durant, la saga de leur espèce disparue ? Que pouvons-nous partager qui ouvrirait le cœur à la mangue insolente de l'appétit ? Et quelle sagesse invoquer quand il faudrait une folie plus haute, une dérision extrême et la hargne des refus ?

Je suis fatiguée moi aussi. Je le dis même si je n'en ai pas le droit. J'éprouve la fatigue de l'aventurier pris dans une tempête de neige et qui se traîne comme une bête pour ne pas succomber au désir affreux d'en finir. Je suis fatiguée de tendre la main sans rencontrer la main qui s'ouvre à elle, de chercher l'épaule amie qui soutiendrait le fardeau monstrueux de ma tête.

Mais voilà que mon aveu me révolte. Ma rage me propulse, mes griffes devancent mes paroles. Je rejette le linceul de mes voiles et tords le cou à la résignation. Je me dis que j'appartiens à l'apocalypse et elle m'appartient. Ce monde devra crever des sévices qu'il m'inflige. Et cette fois-ci, il n'y aura pas d'arche de salut, de colombe annonciatrice du reflux. Je déserterai l'arche et criblerai la colombe de mes dernières cartouches. Si je n'ai d'autre pouvoir que celui-là, j'en userai. Je ne serai pas seule à convoquer ce chaos. Je porte en moi ce que la vie n'a pas su réaliser, la part archaïque d'une aventure qui n'a pas dit son dernier mot, la vieille intuition d'un mouvement qui n'a pas fini d'essayer les issues. Et cela grouille dans mes entrailles, crie, se lamente et menace. Ce qui sortira de mon ventre aura la forme des manques et des fulgurances. Va, ô labyrinthe, explose, ravive le magma, libère tes coulées, invente ta lumière !

(Les mutants apparaissent. D'un bond ils sont sur scène. Ils portent des masques humanoïdes, des espèces de brouillons de visages. Ils forment une ronde autour de l'Inattendue et s'essaient à une danse sans grâce ni harmonie. Ils ne parlent pas, émettent juste quelques cris, grognements et onomatopées.)

L'INATTENDUE
Tout doux mes petits, vous n'êtes pas encore nés. Vous êtes les oubliés de la vie. Elle vous a mis dans la poche d'une vieille tunique qu'elle ne porte plus depuis des lustres. La musique qui devait annoncer votre naissance n'a pas été enregistrée. La garce qui vous a conçus dans le désir ne sait plus à qui elle s'était donnée.

(Les cris et les grognements des mutants se font plus forts. Ils dansent frénétiquement autour de l'Inattendue.)

L'INATTENDUE
Calmez-vous, gardez vos forces ! Sachez que vous ne pouvez venir au monde que par la ruse. Le monde est bien gardé. Il a érigé des murailles, des tours, des barrières électrifiées autour de lui et jusque dans la tête des gens. A votre mine, on vous prendra pour des envahisseurs et on vous traquera. Si vous êtes pris, comment pourrez-vous vous défendre, que direz-vous ? Votre bouillie de langage ne vous servira à rien. Elle excitera encore plus les chasseurs de primes. Ils tireront sur vous sans les sommations d'usage.

(Les mutants crient et grognent de nouveau. Ils sont pris de convulsions, se tordent de douleur.)

L'INATTENDUE

Il n'y a pas de quoi vous mettre dans cet état... Naître, ce n'est pas un cadeau, une cagnotte qu'on met dans votre berceau. C'est un risque qu'on vous fait prendre sans vous demander votre avis. Ensuite vient l'arbitraire du nom qu'on vous colle au front, la mascarade des ordres et contrordres, avant l'incertaine lutte pour la survie. Ne soyez pas dupes, préparez-vous à ce voyage au bout de l'hypocrisie. Sachez que vos chances seront minimes dans cette jungle sophistiquée où les faibles sont encore plus méprisés que les intouchables. Mais, si vous voulez malgré tout sortir des ténèbres, eh bien relevez la tête, ôtez ces masques, écrasez l'araignée de la peur qui obstrue votre gorge, acceptez de partir cent pour n'arriver que dix.

(Les mutants s'arrêtent brusquement de s'agiter et d'émettre des bruits. Ils resserrent le cercle autour de l'Inattendue.)

L'INATTENDUE

Vous voyez que vous hésitez. Je comprends cette méfiance si c'est vraiment de la méfiance et non une démission devant ce qui doit arriver, l'inéluctable dont je devais vous avertir.

(Les mutants encerclent l'Inattendue. Ils commencent à la toucher puis à palper ses jambes, sa poitrine, son visage, comme s'ils découvraient à l'instant son corps.)

L'INATTENDUE *(un peu inquiète)*

Vous pouvez toucher. Mais ne vous y trompez pas. Ceci n'est qu'une enveloppe que le sang a quittée et dont la chair ne fait plus couler de salive. Si vous cherchez du lait, je n'en ai plus. Mes seins sont tout ratatinés. Voilà des années que mes mamelons ne se sont pas dressés à l'appel du désir. Je ne suis pas pour autant un fantôme, un pur esprit. J'existe autrement, voilà tout.

(Les mutants palpent plus violemment le corps de l'Inattendue en émettant maintenant des grognements de bêtes affamées.)

L'INATTENDUE *(elle se dégage en riant)*

Arrêtez, vous me faites mal. Bande de chenapans, qu'est-ce que vous me voulez ?

(Elle continue à rire. Les mutants s'en emparent pendant que les lumières baissent. Ils la soulèvent et l'étalent par terre. Leurs grognements deviennent plus sauvages. On entend des bruits de succion et de déglutition entrecoupés par les rires devenus hystériques de l'Inattendue. Noir.)

SCÈNE XIII

(Le Juge de l'ombre et l'Arabe errant à leur place habituelle.)

L'ARABE ERRANT *(après un silence)*
Je dois penser à partir. Je n'ai plus beaucoup de temps devant moi. *(Il se lève.)*

LE JUGE DE L'OMBRE *(le retenant)*
Restez encore un peu. Vous n'avez pas de valise à préparer. D'ailleurs, si vous voulez prolonger votre séjour, on peut arranger cela.

L'ARABE ERRANT
Je ne veux pas vous faire prendre de risques inutiles. Et puis non, j'ai besoin de bouger, de retrouver le large et les chemins du silence. Parler, parler, entendre parler, ça m'étouffe.

LE JUGE DE L'OMBRE
Qu'avons-nous à gagner au silence ? Se taire, c'est laisser les autres parler à notre place.

L'ARABE ERRANT
Qu'on se taise ou non, les professionnels du verbe couvriront toujours la parole des autres. Dans ce cas, le silence devient une vertu, mieux encore, une dignité.

LE JUGE DE L'OMBRE
Il vous condamne à la marge.

L'ARABE ERRANT
Et alors ? C'est dans la marge qu'on a encore une chance de se retrouver, de cultiver l'ingrédient rare de l'amour, de redécouvrir le petit papillon miraculeux de l'espérance.

LE JUGE DE L'OMBRE
Ce que vous avez entendu et vu ici ne vous a pas changé d'un iota. Est-ce normal ?

L'ARABE ERRANT
Ne me jugez pas trop vite, monsieur le Juge. Je ne réagis pas comme vous, j'ai besoin de réfléchir, comparer, lire derrière les lignes, trouver une place à tout cela dans mon puzzle. Et il est immense mon puzzle. Chaque contrée croit être le nombril du monde, et que les événements qui s'y déroulent vont déterminer le sort de la planète. Mais, dès qu'on prend un peu de distance, on est frappé par la ressemblance

des discours, la suffisance de ceux qui les tiennent...
Savez-vous à quoi servent les frontières ?

LE JUGE DE L'OMBRE
A refouler les indésirables.

L'ARABE ERRANT
Ne vous laissez pas obnubiler par l'actualité. Les frontières servent à se donner bonne conscience. On les trace, on dispose tout au long des canons, de la chair à canon, et on se berce de l'illusion que ça ira bien du moment qu'on est entre nous, qu'on parle la même langue et qu'on vibre ensemble à l'hymne de la nation. A l'intérieur c'est la raison, à l'extérieur commence la barbarie, non pas le cannibalisme ou je ne sais quel état sauvage, mais simplement la différence.

LE JUGE DE L'OMBRE
Il y a barbarie et barbarie.

L'ARABE ERRANT
Je sais de quelle barbarie vous voulez parler. Celle-là se retrouve partout. Ici on tue un homme à cause de ses idées, là on le tue parce qu'on lui a ôté la possibilité d'avoir des idées. Ici la misère est matérielle, là elle est morale, et dans les deux cas elle est inhumaine.

LE JUGE DE L'OMBRE
Vous oubliez là où l'on meurt de faim.

L'ARABE ERRANT
Oh je n'oublie pas que les famines sont organisées

aussi bien que les guerres. Cela ne m'empêche pas de voir qu'on peut mourir par absence de faim. Les repus se suicident davantage que les affamés.

LE JUGE DE L'OMBRE
Vous allez trop loin. Personne ne pourra se reconnaître dans votre vision des choses. Les gens ont besoin qu'on leur parle de leurs propres problèmes.

L'ARABE ERRANT
Je ne peux pas sacrifier le général sur l'autel du particulier. Et si cela incommode les uns ou les autres, tant pis, je n'ai pas de comptes à rendre.

LE JUGE DE L'OMBRE
On a beau dire, tout le monde a des comptes à rendre. Nous le devons à nos enfants, pour commencer, sinon ils se sentiront trahis.

L'ARABE ERRANT
C'est vrai. Mais notre faute ne vient pas de ce que nous ayons eu nos propres idées, justes ou fausses. Elle est due au fait que nous avons négligé de les accompagner dans leur enfance au moment où nous nous battions comme des forcenés pour ces idées. Dans nos combats d'adultes, nous avons oublié que nous avions été nous-mêmes des enfants. A un moment ou à un autre, nous avons perdu notre innocence, notre faculté d'innocence.

LE JUGE DE L'OMBRE
Et vous l'avez retrouvée ?

L'ARABE ERRANT
Quoi ?

LE JUGE DE L'OMBRE
Votre innocence.

L'ARABE ERRANT
Quelques-unes de ses émotions, de ses questions, oui. Je suis encore loin du compte. C'est pour cela que je dois reprendre mon errance.

LE JUGE DE L'OMBRE
Pas avant la dernière séquence.

L'ARABE ERRANT
Si c'est un match de foot, je ne suis pas preneur.

LE JUGE DE L'OMBRE
Non, c'est juste une allégorie, pour la bonne bouche. Enfin, vous verrez.

L'ARABE ERRANT
J'espère qu'elle est courte car il faut vraiment que je parte après.

LE JUGE DE L'OMBRE
N'ayez crainte, vous partirez à temps. Il faudra d'ailleurs que je ferme. La nuit va bientôt tomber...

(La voix du Juge de l'ombre baisse ainsi que les lumières. Noir.)

SCÈNE XIV

(Dans le noir, un chant grégorien fuse. On entend un bruit de pas, des chuchotements. Lumière. La Femme perdue est au milieu de la scène, le dos tourné au public. Elle porte un sac. Sa compagne sort la tête des coulisses.)

LA COMPAGNE
C'est ici ?

LA FEMME PERDUE
Où veux-tu que ça soit ?

(La compagne entre.)

LA FEMME PERDUE *(elle se retourne)*
Et les autres ?

LA COMPAGNE
Elles arrivent.

LA FEMME PERDUE
Elles ne vont pas reculer, maintenant que la décision est prise ?

LA COMPAGNE
Non, je t'assure.

LA FEMME PERDUE
La plus jeune m'a semblé assez fragile.

LA COMPAGNE
Elle sort à peine d'une histoire d'amour.

LA FEMME PERDUE
C'est pas une raison pour être en retard. Le temps nous est compté.

LA COMPAGNE
Je ne sais pas ce qui va se passer dans ma tête au dernier moment.

LA FEMME PERDUE
Je n'ai pas arrêté de dire qu'il faudra à cet instant précis faire le vide dans notre tête. Ne penser ni à l'avant ni à l'après. Ça devra être aussi simple que d'étendre la main, saisir l'interrupteur et puis clac ! Noir. Ouf !

LA COMPAGNE
Je suis contente quand même qu'on soit ensemble pour faire ça.

LA FEMME PERDUE
Bon sang, qu'est-ce qu'elles trafiquent ?

LA COMPAGNE
Elles doivent se faire belles. La toilette rituelle prend du temps. *(Bruit de pas.)* Ah les voilà.

(Les deux autres compagnes apparaissent. Elles embrassent la Femme perdue et la compagne 1.)

LA FEMME PERDUE
Vous n'avez pas changé d'avis au moins ?

COMPAGNE 2 *(elle est la plus jeune)*
Qu'est-ce qui te fait dire ça ?

LA FEMME PERDUE
Vous avez failli rater le moment propice.

COMPAGNE 3
Tu oublies qu'on a gagné aujourd'hui trois minutes de soleil. C'était bon à prendre.

LA FEMME PERDUE
Trois minutes ! Tu comptes encore comme ça ?

COMPAGNE 3
Je ne veux pas perdre une miette de ce qui me reste à vivre. Si j'ai décidé de me joindre à vous, c'est parce que j'aime trop la vie. Pas toi ?

LA FEMME PERDUE
Chacune de nous a ses raisons que je ne tiens pas à discuter.

COMPAGNE 1
On ne va pas se chamailler pour quelques minutes de plus ou de moins. Alors, on prépare les bouteilles ?

LA FEMME PERDUE *(elle ouvre son sac et en sort des bouteilles)*
Vous avez les billets ? *(A la compagne 2.)* Prends-les toi, et lis.

COMPAGNE 2 *(elle prend les billets que lui tendent les autres femmes. Puis, désignant la compagne 1)*
Le tien. C'est joli, ce papier. C'est doux. *(Elle s'éclaircit la voix et lit :)*

>Entre l'asile et le grand Mystère, je choisis ce dernier.
>Prenez soin de mon chien. Il est plus fragile qu'un bébé.
>Je ne quitte rien, n'ayant rien possédé.

(Elle tend le billet à la Femme perdue qui l'introduit dans une bouteille qu'elle ferme et remet dans son sac.)

COMPAGNE 2 *(désignant la Femme perdue)*
Le tien. Tu en as écrit des choses !

>Voici les tribus
>Elles sortent de la poubelle de nos rêves

    et du désert gagné sur l'amour
Elles vont s'en prendre aux livres
aux cerfs-volants
Elles vont saccager les jardins de l'enfance
achever les mots blessés
Voici les tribus
Avec nos mains d'esclaves
elles vont édifier de nouvelles pyramides
une autre tour de Babel
avant d'être frappées
par la vieille malédiction des empires
Mon dieu
comme l'Histoire se répète !

Post-scriptum : Si c'est comme ça, je préfère qu'elle s'arrête, pour moi du moins.

(Elle tend le billet à la Femme perdue qui le met dans une bouteille qu'elle range dans son sac.)

COMPAGNE 2 *(désignant la compagne 3)*
Le tien. Tu as une écriture de chat.

    Puisqu'il le faut
je m'en irai
le cœur gros
Je regretterai ces eaux
ces ponts
cette verdure
ces trains propices à l'écriture
Ces nuits où l'âme se rend à l'âme
quand les corps éblouis
sont vaincus d'amour

Je m'en irai
puisqu'il le faut
et que je me refuse
à la haine

(Elle tend le billet à la Femme perdue qui s'en occupe.)

COMPAGNE 2 *(montrant le dernier billet)*
Et voici le mien... Je n'ose pas vous le lire.

LA FEMME PERDUE
Allons, pas de chichis.

COMPAGNE 2
Vous allez rire de moi.

COMPAGNES 1 ET 3
Mais non, mais non.

COMPAGNE 2
Si vous insistez... *(Elle lit.)*
Grand-mère, je n'ai pas oublié le rêve que tu m'avais raconté. Tu avais dit : écoute ma petite gazelle, prunelle de mes yeux, j'étais en train de carder de la laine quand une fenêtre s'est ouverte, à côté de moi, dans le mur. J'ai vu un immense verger avec une multitude d'arbres couverts de pommes. Des pommes comme je n'en avais jamais vu. J'ai avancé la main pour en cueillir une et brusquement la fenêtre s'est refermée.
Ah grand-mère, pourquoi m'as-tu menti ? Je sais

que tu as la pomme. Donne-la-moi. Même si c'est en rêve, reviens et donne-la-moi.

Voilà, c'est tout ce que j'ai trouvé à dire.

(Elle tend le billet à la Femme perdue qui le met dans une bouteille qu'elle range dans son sac.)

LA FEMME PERDUE
Bien. Nous avons rattrapé notre retard. C'est l'heure de confier les bouteilles à Adam. Il ira les jeter à la mer. *(Elle frappe dans ses mains. Adam apparaît.)* Voici les bouteilles. Cours à la mer. Et ne te fais pas prendre.

ADAM
Ne crains rien...

LA FEMME PERDUE
Eh bien, qu'attends-tu ? Pars.

ADAM
J'aurais voulu te suivre.

LA FEMME PERDUE
Ah non, pas cette fois-ci ! Nos chemins se séparent.

ADAM
L'enfer n'est pas une mauvaise idée non plus.

LA FEMME PERDUE
De quel enfer me parles-tu ?

ADAM

Je ne sais pas. Je ne sais plus. Je cherche une issue, n'importe laquelle. Je veux rester avec toi.

LA FEMME PERDUE

Trop facile. Il est temps que tu voles de tes propres ailes.

ADAM

Où ça ? Dans ce chaos, ces ténèbres ? Même les chauves-souris n'arrivent pas à s'y retrouver. Aide-moi.

LA FEMME PERDUE

Un noyé qui s'agrippe à un autre noyé, voilà ce que tu es.

ADAM

Laisse-moi une chance.

LA FEMME PERDUE

Tu l'as puisque c'est à toi que je confie nos messages.

ADAM

Et vos larmes.

LA FEMME PERDUE

Quelles larmes ? Tu radotes, mon ami. Va maintenant, sois un homme.

ADAM

C'est ça, un homme... Un homme. Ça me fait une belle jambe. *(Il prend les bouteilles dans le sac et sort. La lumière baisse.)*

COMPAGNE 2

Alors, on passe à l'acte ?

LA FEMME PERDUE

Ah l'enthousiasme de la jeunesse ! C'est rafraîchissant. Oui, on y va. *(Elle fouille dans son sac, sort quatre calices, qu'elle distribue... Elle fouille de nouveau dans son sac.)* Merde, où est-ce qu'elle est, cette fiole ? Je l'avais mise là, j'en suis sûre. *(Elle fouille nerveusement dans son sac.)* Il ne me l'a pas piquée quand même, le salaud ! Qu'est-ce qu'on va faire maintenant ? Le soleil se couche. Voilà ce que c'est que de faire confiance à un homme !

COMPAGNE 1

On n'a qu'à remettre ça à demain.

COMPAGNE 2

Même lieu, même heure.

COMPAGNE 3

Le résultat sera le même, non ?

LA FEMME PERDUE

Vous en êtes sûres ?

COMPAGNES 1, 2 ET 3
   Oui, oui, sûres.

LA FEMME PERDUE
   Bon, on n'a pas le choix.

COMPAGNE 2
   On en profitera pour organiser une bamboula de tous les diables.

COMPAGNE 1
   Rien qu'entre nous.

COMPAGNE 3
   On va se déguiser, préparer un festin.

LA FEMME PERDUE
   Qui s'occupe des costumes et des masques ?

COMPAGNE 1
   Moi.

LA FEMME PERDUE
   De la boisson et de la bouffe ?

COMPAGNE 3
   Moi.

LA FEMME PERDUE
   De la musique ?

COMPAGNE 2
 Moi et personne d'autre.

LA FEMME PERDUE
 Quant à la ciguë, ça ne va pas être facile à trouver pour demain. Surtout de la bonne. Tout est tellement trafiqué de nos jours.

COMPAGNE 1
 C'est ton affaire. Ne pensons plus qu'à la fête.

(On entend une musique rythmée. Lumières vives. Les trois compagnes se mettent à danser et à tourbillonner. Elles entraînent la Femme perdue dans la danse. Rires.
La danse est interrompue par un fracas et des grognements sauvages venant des coulisses.
Les mutants bondissent sur scène. Ils portent les mêmes masques que lors de leur première apparition. Ils miment une scène de bagarre et de mise à sac.
Bruits assourdissants : bris de verre, barres de fer s'abattant sur des rideaux métalliques, sirènes de véhicules de police, rafales d'armes.
Les femmes s'enfuient.
Les mutants continuent à mimer la scène. Détonations. Cris de douleur.
Ils se regroupent, font face au public et avancent en grognant, l'air menaçant.
Les mutants s'arrêtent, cessent de grogner et de s'agiter. Ils fixent longuement les spectateurs alors qu'on continue à entendre des bruits sourds de détonations. La lumière baisse. Noir.)

ISBN : 2-7291-1022-4

ACHEVÉ D'IMPRIMER
EN AOÛT 1994
SUR LES PRESSES DE
L'IMPRIMERIE DU LION
90700 CHATENOIS LES FORGES
DÉPOT LÉGAL : 3ᵉ TRIMESTRE 1994

N° d'imprimeur : 94061458